W0356509

amiel

gregorio marañón

amiel

círculo de lectores

© espasa-calpe, s. a. – madrid, 1962
depósito legal: b. 28058 – 64
número registro: 3237 – 56
realizado por printer

A

Mr. Archer M. Hunthington

Creador y alma

de la

Sociedad Hispánica de Nueva York,

con la

gratitud de un español

G.M.

Prólogo a la edición francesa

Una carta sobre Amiel y mi Amiel

Ginebra, junio 1934

Querida amiga: Tú sabes bien que una de mis preocupaciones siempre no ha sido ser amielista. No he querido profesar la religión de ningún gran hombre: ni Goethe, ni Napoleón, ni siquiera Cervantes. Menos aún de estos otros hombres que, sin haber sido genios, han logrado dejar en la posteridad una larga estela de admiración, de curiosidad o de atracción inexplicada: tal Casanova, tal Amiel. Y cito de intento a los dos más representativos. Representativos ¿de qué? Sin duda de una pasión impetuosa y vulgar, como la que atenaza el alma de muchos seres humanos y les impide, a pesar de los esfuerzos del espíritu, despegar del barro de este mundo y volar. A estos hombres no se les admira por su obra; pero nos atraen por su vida, porque es la vida nuestra; vida del lado de acá del heroísmo, como la de cada cual de nosotros ha sido o pudiera ser. Está mal dejarse vencer por esta atracción. El culto al hombre de genio tiene algo de humildad ineficaz, de renunciación a la esperanza, de emularle; y esta esperanza, por pequeña que sea, es el germen de nuestra posible perfección. El culto al hombre de pasión es peor aún. Hacer un ídolo de la pasión es también la renuncia al propio progreso, pero revestida de soberbia, de divinización cínica de la miseria que no somos capaces de superar. Las Memorias de Casanova o el Diario *de Amiel son un esfuerzo desesperado e inacabable para revestir de dignidad el fracaso de vencerse a sí propios. Esto, aquí, en la orilla del lago, maravillosamente dulce, se comprende menos que en Castilla, es cierto; pero es la luz de Castilla la certera; la que más se parece a aquel rayo que desciende una vez cada muchos siglos sobre los hombres y les enseña la verdad, que estaba entre todos y nadie acertaba a ver.*

Tú sabes hasta qué punto he sentido la curiosidad de Amiel y que el libro que he escrito sobre su vida, cerca de tí, y en el campo neutral de una playa francesa, ha sido, en realidad, un ajuste de cuentas para descargar mi espíritu de esa preocupación. No hay red que se lleve en su seno la pesca confusa de la profunda conciencia, como el libro propio, confesión máxima, dotada hasta el último límite de la potencia liberadora de toda confesión; porque el escritor, desde el recato de su mesa de trabajo, abre su conciencia a Dios; y no como el penitente, a través de otro hombre, sino por intermedio de toda la humanidad. Y, por lo tanto, como ningún otro mortal. Por eso, cuando contemplo tantos y tantos miles de volúmenes, que, al parecer, no ha leído nunca nadie, en las Bibliotecas –cementerios solemnes– o en el osario informe de los puestos de libros viejos, jamás, jamás pienso que sus autores, sin fama, perdieron el tiempo al escribirlos. El que "cualquiera hubiera podido leerlos" ha bastado para aliviar el alma de muchos autores insignificantes; y para salvar a algunos del suicidio o de la desesperación.

Ahora, corriendo ya mi AMIEL por el mundo, puedo mirarle con la indiferencia cordial con que, sin duda, se cruzarán, por los senderos beatíficos del más allá, los bienaventurados. Antes, no. Por ello, con escándalo de los espíritus hipnotizados por la documentación y por el ambiente, no he querido visitar los lugares de Amiel, leer sus manuscritos, tocar sus recuerdos materiales y conocer a sus amigos, hasta después de haber dicho de él cuanto tenía que decir. He hecho bien. El documento y el ambiente son simples anécdotas, cuando el alma está a nuestro alcance, tan viva y tan plena como la del autor del Diario. En el documento y el ambiente tratamos de reconstruir, por fuera, las almas que se nos han evaporado. Si el alma está viva, como está la del autor del Diario, en las páginas de su terrible mamotreto, todo lo anecdótico –Ginebra– sirve sólo para desfigurar su original desnudez. He repetido los mismos paseos de Amiel por sus mismos caminos; he contemplado desde sus observatorios habituales los panoramas y los crepúsculos que le eran tan gratos; he vuelto a andar el trayecto cuotidiano, desde su casa hasta su cátedra. Ninguna de estas impresiones transidas, es cierto, de maravillosa nostalgia han cambiado un solo perfil en mi Amiel. Después he visitado a M. Bernad Bouvier. Era ésta la prueba definitiva. La noble devoción amielista del profesor de la Universidad ginebrina, discípulo un tiempo de Amiel; depositario de sus secretos póstumos, guardador de su culto, editor concienzudo, doctísimo, quizás un tanto arbitrario de sus papeles inéditos, le convierte en juez supremo e inapelable de cuanto se escriba sobre aquel hombre singular. Sin él, sin su bondadosa liberalidad, no hubiera podido escribir mi libro. Le bastaron unas líneas mías para que me abriese, con lógicas reservas, hasta donde se podía –¡ni una pulgada más allá!–, el archivo de las cartas íntimas del torturado escritor con aquellas mujeres que tanto le quisieron y que él no supo amar. Tenía miedo de que mi conversación con M. Bouvier dejase al Amiel que yo había visto, vacío de realidad. No ha sido así. No estaba, es cierto, conforme con algunas de mis interpretaciones; pero sí con las fundamentales.

He conocido a M. Bouvier en el ambiente propicio de un amigo común, en cuya casa hay un jardín con árboles que ya eran viejos en los años en que los conoció Amiel. Es el hombre más acogedor que he conocido y uno de los más elegantes en nuestro gremio gris y soso de profesores de Universidad. Hasta un defecto que tiene, en un ojo, lo convierte, con gracia, en cualidad positiva, pues parece que lleva siempre un monocle, que armoniza muy bien con su pulcra y estudiada vestimenta.

A lo que con más viveza se opuso de mi libro fue a la afirmación de la vulgaridad física de Amiel. Yo, claro es, no le había conocido y me atuve a una descripción de Thibaudet, que lo pinta así, inelegante, con bufanda y un paraguas verde. Resulta que lo cierto es que Federico era un hombre de grata apariencia e indumento cuidadosísimo. Parece que, por ejemplo, cuando iba a los balnearios, su llegada producía sensación. Y pongo toda mi ternura al consignarlo así, porque las estaciones de baños, entonces, tenían un valor romántico de conclave de las elegancias y bolsa de los valores estéticos, intelectuales y afectivos, que nosotros sólo hemos conocido, como un eco, cuando iban a desaparecer; para ser sustituidos por la simple reunión de donjuanes valetudinarios y musas otoñales que son en la actualidad. Realmente, la contemplación de los retratos, y sobre todo el magnífico de Hornung, certifica la rectificación de M. Bouvier.

Claro que esto cambia un tanto la idea que, sobre todo, los comentaristas franceses han hecho correr sobre Enrique Federico, como polo de amorosa atracción. No era, sin duda, un galancete de boulevard, y su noble continente meditabundo y triste habría pasado inadvertido a la frivolidad de las alegres chicas que juegan al amor en nuestro ambiente meridional. Mas en el alma romántica de la mujer del Norte hay cuerdas especialmente sensibles a este tipo de hombres de perfil clásico, de pesada robustez de estatua y de mente concienzuda y analizadora. A nosotros, Philine, el gran amor de Amiel, se nos presenta, inevitablemente, como una solterona poco distinguida, de lecturas trasnochadas y de imaginación fermentada en las marmitas de una vida burguesa, con todas las ventanas cerradas de la alegría de vivir. Y no era así: sino una mujer llena de espíritu, de familia importante y de admirable belleza. Se enamoró de Amiel porque era, el egoísta catedrático, un real mozo; ni más ni menos.

He visto el retrato de Philine. Está allí guardado en el archivo de M. Bouvier, entre paquetes de cartas y recuerdos que hace años me habrían estremecido de emoción. Y ahora, también; pero emoción de naturalista. Recuerda mucho, mucho, a una señora de gran belleza que tú y yo conocimos y que yo te diré quien es. Vive todavía una nieta de esta Philine infortunada; y por eso queda aún su nombre en el misterio y también parte de su vida. No importa. Así nos la podemos imaginar, que es mejor que saberla. Y quién sabe si más verdad.

Pero no hay nada que rectificar de mi historia, en lo que respecta a Philine. ¿Y esa otra mujer, cuya importancia en la vida de Amiel he destacado por vez primera: Egerie? Monsieur Bouvier, guardián del arcano, nada quiere añadir. Insinúa que no soy justo al creerla acerba de genio y vengativa. Mas sus cartas y su conducta son terminantes. Egerie era ese otro tipo de mujer septentrional, freudiana antes de Freud, de complejidad original y ruda; no como las señoras de ahora, en los salones europeos, que aprenden, las pobres, sus complicaciones en los libros y generalmente las aprenden mal. Otras cosas curiosas he sabido por M. Bouvier. Era Amiel, en efecto, pésimo profesor. Perteneció su actual biógrafo a una de las últimas promociones de sus discípulos y le recuerda muy bien. Explicaba con monotonía inaguantable y jamás con claridad. Su pretensión de que los niños le querían mucho era infundada. Monsieur Bouvier, siendo niño, le visitó muchas veces, cuando su padre, gran amigo de Amiel, iba a su casa; y recuerda que tenía la costumbre de coger a los pequeños entre las piernas y no los dejaba mover, lo cual les irritaba. Otras veces se tendía a lo largo en un canapé y decía a los niños: "Yo soy un gran pescado y vosotros pececillos, que me seguís." O bien se incorporaba y les decía: "Yo soy un gran árbol y vosotros arbolillos." Nada de esto hacía gracia a los niños, y se comprende, porque tiene un deje lejano de algo no normal. Piensa monsieur Bouvier que los muchachos se daban cuenta de que aquel buen señor los utilizaba para hacer observaciones y estudios, y ésta era la causa de su malestar. Sí: sin duda, los niños adivinan mucho más de lo que los mayores conocen.

Parece que Amiel olía de un modo especial. No olor de desaseo, pues era escrupulosamente limpio; tampoco de que se perfumase. Era un rastro sui géneris, que, a pesar de los años transcurridos, el docto crítico no ha podido olvidar. Posiblemente este elemento olfativo formaba importante papel de la personalidad de Amiel y sobre todo de su personalidad amorosa. Es evidente que el olfato en la especie humana juega un papel afectivo mayor de lo que nos figuramos. Su decadencia, como sentido, con relación a las especies animales, acaso ha afinado en nosotros la agudeza de sus estímulos, y éstos actúan en el plano profundo de la conciencia, de modo invisible pero con tanto vigor como en esos ciervos de nuestras sierras, que parecen tener el alma entera en las narices estremecidas. No sabemos la parte, seguramente grande, que los olores inadvertidos tienen en el proceso de la simpatía y la antipatía. Cuando el olor es notorio, como en Amiel, su eficacia no se puede discutir. Ya lo ves: después de venir a beber en las propias fuentes amielianas, apenas hay nada que cambiar en el Amiel que vi desde Castilla, donde se sueña todo: y donde, por eso, se está expuesto a verlo todo claro. Mejor dicho, el Amiel que vimos: porque lo soñamos, juntos, los dos.

G. M.

Capítulo primero

Una ventana y un interior

Alguna vez nos ha ocurrido a todos, al llegar a una ciudad lejana y desconocida, que, después de haber leído su historia externa y oficial, ignoramos aún lo que quizá nos interesaría más a quienes amamos de la vida, no la superficie agitada, sino el curso fluido y anónimo que no está escrito en ningún libro y donde, sin embargo, hunden sus raíces esos altos sucesos que después conmemoran los monumentos y las crónicas. Con la Guía en la mano acudimos a visitar los palacios magníficos y los museos llenos de obras inmortales. Está bien. Volvemos al hotel pertrechados de emociones de arte y de datos históricos. Pero allí, en las salas lujosas o en las ruinas venerables, no había nada o casi nada del alma del país desconocido. Entonces, al azar, pasando por una calle estrecha, vemos abierta una ventana. Es la casa de un pequeño burgués o de un obrero, de un cuidadano cualquiera. La cama está medio deshecha. Un hombre termina de vestirse mientras la mujer, despeinada todavía, arregla los muebles y los objetos humildes que adornan la habitación anónima. Sobre una mesa están dispuestos el pan y el vino, eternos y diversos. El hombre y la mujer hablan con desmayo o con violencia de cosas insignificantes, de sus pequeños pleitos sociales, de los chismes de la vecindad, de su propia vida gris. Con todo ello, recogido, en unos segundos pasajeros, como en la placa de una instantánea, apenas si podríamos escribir unas cuantas líneas. Y, sin embargo, cuando algún tiempo después, ya en nuestra casa, recordamos la ciudad remota, nos sentimos unidos a su estructura vital, no por las largas visitas oficiales, sino por aquella visión rápida de un hogar como todos los hogares, habitado por pobres gentes que la Historia, al terminar cada jornada, sacude en el olvido, para hablar de los gestos solemnes de los hombres

importantes; como un conquistador sacude el polvo de su túnica mientras recuenta las presas magníficas del botín.
Algo parecido nos sucede cuando tratamos de descubrir el alma humana a través de la vida de los hombres. Leemos, para lograrlo, la historia de los príncipes, de los héroes y de los genios; esto es, de los llamados *hombres representativos*, que, precisamente por serlo, no representan sino cimas agudas de la especie. Son valores excelsos, pero no arquetípicos, de la humanidad oscura que silenciosamente hace marchar al mundo. En Sócrates, en Leonardo, en César, en Goethe sólo encontramos aquello que no podríamos encontrar en el espíritu de sus contemporáneos; y hemos de figurarnos a éstos invirtiendo con la imaginación el valor de las líneas y de las sombras, como hacemos al contemplar una fotografía en negativo. El no hacerlo así, el juzgar a una época pretérita por sus hombres representativos, es una de las causas de nuestro desconocimiento fundamental de la Historia.
En cambio, alguna vez cae en nuestras manos la biografía o el Diario de un hombre que fue como todos los demás. Un hombre sin pro, no representativo. Era, por ejemplo, un simple pedagogo de Suiza, país de pedagogos. Pasó su vida sin pena ni gloria. Sus contemporáneos y vecinos le tuvieron por un ser perfectamente vulgar. Hasta dijeron de él que era un cretino; y allí se sabe bien lo que esta palabra significa. Para sus alumnos era ese tipo de profesor, héroe de tantos cuentos sentimentales, que sirve de blanco y desahogo a la agresividad represada en las horas mortales del estudio. Publicó versos y artículos alabados por los suyos, inadvertidos o vejados por el público general. Tuvo varios amores de un platonismo ridículo, de solterón de casa de huéspedes. Y, al fin, murió como cualquiera, del modo menos teatral, tras una larga temporada de toses y de ahogos, rodeado de pócimas y asistido por unas mujeres afectuosas y burgesas.
Pero he aquí que este hombre, que se llamaba Federico Amiel, había escrito, desde su juventud, día por día, un *Diario* que alcanzaba al morir la suma de más de 16.000 páginas, en las que no

tuvo ocasión de anotar nada brillante ni extraordinario, sino los mismo sucesos menudos que llenan la vida de cualquiera de nosotros: sus discretas ambiciones insatisfechas; sus pequeñas envidias y rivalidades de claustro de un liceo provincial; la fluctuación de su espíritu ante las horas y las estaciones; las miserias físicas de su organismo; las tempestades en el vaso de agua de su instinto, igual al de muchos de los demás hombres. Nada, en suma, si bien se mira; pero en esto, en su vulgaridad, casi en su insignificancia, estriba, sin embargo, su infinito interés.

Interés cada día más profundo, y lo demuestra el éxito creciente de este *Diario*, nacido en la penumbra, que ha visto morir olvidados a miles y miles de volúmenes cuyo éxito retumbó por todo el universo y parecía ser eterno. Y es así, porque los hombres de ahora vivimos en una trágica disociación entre nuestra personalidad íntima y nuestra vida aparente. No sólo no conocemos a los demás seres humanos más que a través de los artificos sociales –o a través de la gran mentira histórica, si son hombres pretéritos–, sino que nosotros mismos, engranados en la formidable máquina de la actividad moderna, apenas sabemos como somos desde el umbral de la conciencia hacia adentro. Casi todos llegamos al fin de nuestra vida ocupados en gesticular, pero ignorando el tesoro o la hez bochornosa de nuestra propia alma. Y únicamente cuando el azar nos depara el alma de un hombre del montón, disecada por él mismo, fibra a fibra, con la dolorosa minucia con que lo hizo Amiel, encontramos algo que es todavía más patético que un documento de autentica humanidad, a saber, un espejo implacable donde se pintan las grandezas y las miserias de nuestro ignorado yo.

En esto estriba el valor incomparable del Diario de Amiel: es la ventana anónima de la calle estrecha que nos enseña un interior mediocre, pero lleno de sentido profundamente humano, de glorias y bostezos de calibre vulgar, y, por lo tanto, iguales a los nuestros. Amiel, él mismo, dijo una vez esta que es para mí la mayor verdad de su Diario:

"Lo que más me interesa, al examinarme, a pesar de mis miserias, es que creo ser un ejemplar auténtico de la naturaleza humana y, por lo tanto, un *specimen* de valor general" (1).

Así es.

(1) AMIEL: *Fragments d'un Journal intime,* I, pág. 146, edición de Bouvier, con introducción del mismo. Stock, París. Dos volúmenes, 1927.

Un juicio análogo expuso, a poco de la muerte de Amiel, Paul Bourget: "El oscuro profesor ginebrino, el poeta ignorado de *Jour à Jour y de Etrangères,* es ya célebre y lo será en adelante por la sinceridad de sus confesiones y porque es, en cierto modo, como un alma arquetípica de otras almas modernas." *(Nouveaux Essais de Psychologie Contemporaine, París, 1886).*

Capítulo segundo

Biografía

La vida de Amiel es conocida en sus rasgos fundamentales de todos sus lectores (1), y, por lo tanto, de los que, atraídos por su nombre, lean también estas páginas. Es, por otra parte, ya lo hemos dicho, una vida sin relieve, una biografía gris. Pero como para mí lo esencial es justamente esa mediocridad, conviene que sea recordada, como el fondo imprescindible del retrato, antes de que analicemos aquellos rasgos de la psicología de nuestro autor que quiero comentar especialmente en este libro.

Amiel nació en Ginebra el 27 de septiembre de 1821. La preocupación de la edad, la conciencia, renovada sin cesar, del correr hacia la muerte, fue una de sus tragedias. Esta época del otoño –el final de septiembre–, aniversario de su nacimiento, removía en él invariablemente los pasos más tristes de su alma. "Pienso con terror en mi edad", escribe en un primero de octubre (2). Pero todo el *Diario* es sumamente instructivo a este respecto. Cada año de sus notas íntimas se puede dividir, aun sin cortejar las fechas, siempre cuidadosamente anotadas, en una época invernal, la del trabajo académico, de relativa beatitud. Unos meses, los del verano, de alegre liberación, de viajes, con cambios

(1) Véase el libro de BERTA VADIER: *Henri Fredèric Amiel Étude biographique*. París-Fischbacher, 1886. Esta biografía, muchas más veces citada que leída por los comentaristas de Amiel, tiene tanto interés para juzgar a éste, al retratado, como para informarse de la autora, alma de *Doña Perfecta* suiza, que, a mí al menos, me atrae profundamente. Según ella, el propio Amiel le encomendó que la redactase. "Un día, después de haberme dado numerosos detalles precisos sobre los sucesos más importantes de su vida, me dijo: (Ahora, puesto que usted me conoce mejor que nadie, después de mi muerte escribirá mi vida)." *(Op. cit.*, pág. 263). Pero estos "sucesos importantes" no existieron jamás. Lo único importante era lo que ella y otras se figuraban que lo era.

(2) AMIEL: *Écrists intimes. Philine: Fragments inédits du Journal intime*. Publiés par Bernard Bouvier. Introduction de Edmond Jaloux. París. La Pléiade, 1927.

bruscos en el humor, como el tiempo de los Alpes. Y una fase de crisis depresiva, llena de dolor y acabamiento, que corresponde a los atoños y cuyo centro está representado por la idea del pasar, del envejecer, suscitada en la conciencia por la fecha del cumpleaños. He observado muchas veces que las personas que cumplen su aniversario en el otoño sufren el sentimiento de envejecer de modo más agudo que las que nacieron en los meses vitales, en la primavera o en el verano. Algún día haré un estudio documentado de este fenómeno, que es sólo un aspecto de la vasta y descuidada ciencia del influjo que ejerce el ambiente cósmico –las estaciones, las horas, las mudanzas del tiempo– sobre el tono afectivo de nuestra alma, tanto como sobre nuestra máquina física. Precisamente Amiel, alma barométrica y calendárica, nos proporciona datos de máximo valor para este estudio, abandonado hasta ahora casi por completo al empirismo de las gentes.

El padre de Amiel, Enrique Amiel, era un tendero ginebrino. La madre, Carolina Brandt, bella, dulce y delicada, había nacido en Neuchâtel: época y sitios de rigor moralista y de ética contrahecha, cuya importancia luego comentaremos. Hubo de este matrimonio seis hijos, de los que murieron tres, sobreviviendo Enrique Federico y dos hermanas, Fanny y Laura, casadas después con un pastor y un médico, y ambas, sobre todo Fanny, alejadas de la vida espiritual de su hermano, aun cuando mantuvieron con él estrechas relaciones, incluso de cohabitación, durante casi toda su existencia. Fanny fue la que quemó sus cartas pocas semanas antes de morir el hermano y es preciso considerar todo lo que esto significa de incomprensión por parte de ella y de amargura para quien vivió exclusivamente para el culto del *Diario* y de su correspondencia (3).

(3) En la biografía de Amiel por Berta Vadier, aun cuando ésta trata de dar un tinte de perfección a cuanto rodeaba a su maestro, y por descontado a su familia, leemos que el pastor G., marido de Fanny, tenía un carácter "diametralmente opuesto al suyo"; "podía hablar con él –dice– aun cuando no siempre se entendiesen" *(op.*

A los trece años, su padre y su madre habían muerto con muy poca diferencia de tiempo. La madre, primero, de una enfermedad al pecho. Amiel se fue a vivir a la casa de su tío Federico, hermano de su padre, que recogió a los tres huérfanos; y, para cuidarlos mejor, se casó con madame Custot, viuda, con dos hijas, que había estado a punto de ser madrastra de nuestro héroe, pues su padre, en los dos años de viudedad, mal soportados, quiso desposarla. Enrique Federico vivió en este hogar, en la calle Verdaine; la misma donde, unos números más arriba, tuvo también su domicilio postrero. Vivió allí años trascendentes de su juventud, rodeado de muchachas -hermanas y semihermanastras- cuyo trato y compañía influyeron sin duda en la actitud afectiva del joven que había de ser después el oscuro tormento de su vida.

Terminó con suerte y brillantez no excepcionales sus estudios de colegio y liceo, y a los veintiún años -1842- viajó por Italia. Los dos acentos que este viaje puso sobre su alma fueron el encono contra el catolicismo y la admiración por los artistas del Renacimiento, sobre todo por Miguel Angel y Leonardo. Al año siguiente visitó Francia, Bélgica, Alemania. Aprendió a fondo el alemán en Heidelberg y también la literatura y la filosofía germánicas, que tanto habían de influir en su pensamiento. El

cit., pág. 98). Se ve a este pastor indelicado induciendo a su mujer a quemar las cartas fraternales. El pobre Amiel exhala este suspiro en su *Diario:* "Conozco a dos Fannys lo más distintas que pueda imaginarse respecto a las cartas" *(Journal intime,* II, pág. 342). En una nota aclara BOUVIER lo de las "dos Fannys", precisando: "Su hermana Fanny, que le había hecho saber unas semanas antes que acababa de quemar todas sus cartas, y su amiga Fanny Mercier". Esta, ya lo veremos, hubiera sido incapaz de tal desafuero. La otra hermana, Laura, estaba siempre muy ocupada, según nos cuenta Berta Vadier, con el enorme trabajo profesional de su marido, el doctor Stroeblin , el más afamado médico de Ginebra. Pero, a pesar de ello, le enviaba ramos de flores, que componía con rara habilidad, y a los que el hermano respondía con versos. Esta Laura fue muy amiga de la Vadier y a ella está dedicada la biografía del poeta. Tal es la versión "oficial". Pero en una carta de otra de las amigas de Amiel, Egeria, bien enterada de sus intimidades, se lee: "Tú (Amiel), que desde los diez años has crecido sin padres, sin amigos, sin *hermanos tiernos y simpáticos"* (Cartas de Egeria, inéditas, 15 julio 1860).

año 1844 fue a estudiar a la Universidad de Berlín, donde frecuentó, durante cuatro cursos, las cátedras de los grandes maestros de aquella época, inmortal en la historia de la ciencia. Estudió firmemente conservándose aún las notas apretadas de sus cursos. Y allí, como después veremos, se iniciaron algunos de sus amores más accidentados y duraderos.

Las vacaciones las aprovechaba para completar, viajando, su conocimiento de los países de la Europa central y nórdica.

Amiel y España

Sólo dejó de visitar, en sus peregrinaciones europeas, Rusia, los países balcánicos y España. Muchas veces he imaginado el efecto que hubiera hecho en él, como en todos los hombres concentrados, el conocimiento de nuestro país, de alma tan varia y paradójica. Tuvo, sin embargo, despierta su curiosidad hacia España, mucho más de lo que dejan presumir las escasas alusiones a ella que encontramos en su *Diario*, a pesar de que en sus páginas, inacabables, tuvo sitio para hablar de lo divino y de lo humano. Una vez, sin embargo, experimentó "la nostalgia de viajar por la península lejana, hojeando la colección de vistas de España, de Vivian" (4). Pero la carta, sagacísima, que escribió a Sanz del Río, a propósito de la revolución española, que oí leer y comentar una tarde inolvidable, en Toledo, a don Manuel B. Cossío, demuestra su profundo conocimiento de los problemas españoles. ¡Cuántas veces he recordado la carta de Amiel cuando, meses después, ocurría la nueva revolución, la actual, de nuestra patria! Varios de los que escucharon conmigo la lectura de aquella carta habían de jugar en ella un papel fundamental.

(4) *Journal intime*, I, pág. 268. Y no era para menos, porque esta colección –*Spanish Scenery*, London, 1838– es una de las más bellas evocaciones del romanticismo acerca del paisaje y la humanidad ibéricos.

Amiel conoció y trató a Sanz del Río en Heidelberg, tal vez en aquella casa de madame Weber, con la que el joven estudiante inició una de sus primeras y más románticas escenas de amor. Ambos conservaron toda su vida el recuerdo de aquella amistad estudiantil remachada, además, por el fervor hacia las mismas ideas filosóficas (5). Krause había muerto cuando Amiel y Sanz del Río estudiaron en Alemania; pero ejerció una influencia profunda sobre el joven suizo, aunque no tanta, quizá, como sobre el fundador de la escuela pedagógica que más ha contribuido a la evolución del alma española contemporánea. Al pasar por Illescas, el pueblo en que vivió (6) Sanz del Río –y paso muchas veces–, suelo pensar en el poder maravilloso del pensamiento humano, considerando cómo la piedra arrojada por el filósofo alemán sobre el alma de los hombres produjo el mismo círculo de trémulas ondas de inquietud en dos medios tan lejanos –casi el reverso y el anverso de la geografía física y espiritual– como la

(5) Véase A. POSADA: "Krause, Amiel, Sanz del Río", *Boletín de la Institución Libre de Enseñanza, 1930-34,* página 847. La gran autoridad de Bouvier dice a este respecto: "Hay que dar a Krause un lugar preeminente en la educación filosófica de Amiel. En Heidelberg la lectura de Krause ya ejercía sobre él una atracción extraordinaria, y en Berlín se convirtió en uno de sus estudios predilectos." (Nota a los *Essais Critiques,* de Amiel. Publiés avec une introduction et des notices préliminaires par Bernard Bouvier, París-Stock, 1932 pág. 230.) En la edición de Baseggio del Diario (Enrico Federico Amiel: *Frammenti di un Giornali intimo.* A cura di C. Baseggio, Torino, Unione Tip., edic. 1931) se insertan tres fragmentos inéditos del primitivo *Diario* de Amiel, el que escribió en su época de estudiante en Alemania, dedicados a Krause: "El hombre –dice– que mejor me parece haber realizado mi tipo es Krause, porque en él, idea, belleza y amor están en armonía equilibrada –coordenada y no absorbida– con la pura inteligencia" *(op cit.,* pág. 25). Y otros juicios semejantes.

(6) Decía en la primera edición de este libro que Illescas fue el pueblo natal del filósofo español. Advertencias amigas me señalaron al punto el error. Sanz del Río nació en Torrearévalo, en la provincia de Soria. En Illescas vivió recogido largos años, preparándose para explicar su cátedra de Ampliación de Filosofía. Véase sobre este capítulo único a lo que creo, en el profesorado español, el artículo de don FRANCISCO GINER: "En el Centenario de Sanz del Río". *Boletín de la Institución Libre de Enseñanza. 1914-38-225.* Está firmado con este seudónimo: "Un Discípulo". Aún se conservan en el pueblo toledano su casa y una calle bautizada con su nombre.

dulce ciudad del lago de Léman y este pueblecito humilde y áspero, perdido en plena estepa toledana.

El eminente Profesor

Al sobrevenir la revolución política de su patria, con el triunfo del partido democrático –1846–, la mayoría de los catedráticos de Ginebra quedaron, por orden superior, cesantes. Amiel dudó mucho cuando sus parientes y amigos le propusieron concursar a una de estas cátedras. A nosotros, que casi un siglo después hemos presenciado trances parecidos en nuestra Universidad, nos sorprende el que entre sus escrúpulos no figure el de substituir a maestros desalojados de sus derechos por meras razones políticas. Sus dudas eran de otro calibre; no le atraía el medio estrecho y monótono de su ciudad natal. Accedió, sin embargo, al fin, y obtuvo la cátedra de Estética y Literatura en la Academia de Ginebra el 10 de abril de 1849. Cedió, según nos dicen sus biógrafos, por razones puramente económicas. "A su mediana fortuna aportaba la plaza de profesor el necesario complemento económico" (7).

Es evidente que esta resolución de establecerse en Ginebra influyó definitivamente en el porvenir de Amiel. Toda su vida posterior, en efecto, es tal, que sólo pudo desarrollarse así en un medio como el burgués ginebrino; y, añadiremos, en el medio académico oficial. Seguramente, de haber vivido libre, viajero, en otros estractos socilaes y éticos, su personalidad, de tipo tan universal, no habría sufrido la violenta concentración de su propio yo, que caracterizó su existencia. Pienso en que, sin el embotellamiento ginebrino, se hubiera parecido a Benjamín Constant. Es, por ejemplo, casi seguro que, dada su preocupación sexual y su perfecta visión sobre las ventajas que para él representaba

(7) THIBAUDET: *Amiel où la part du réve*. París-Hachette, 1929.

el matrimonio, hubiera vencido la resistencia de su instinto, de que luego hablaremos, y se hubiera casado, o por lo menos, hubiera vivido una sexualidad diversa y activa. Quién sabe si para ser más feliz. Pero la vida conyugal, dichosa o no, hubiera roto, como él tantas veces presintió, el círculo de hierro que impedía a su alma verterse hacia afuera, obligándola a concentrarse en esa monstruosa marmita sin válvulas que es su *Diario*, donde se quemó a fuego lento e implacable durante toda su vida. "Desde el día –dice exactamente Thibaudet– en que tomó posesión de su cátedra, Amiel se casó con Ginebra, y fue el solo matrimonio que conoció" (8). Matrimonio desventurado, pero sin el cual, hay que reconocerlo, no hubiera escrito su *Diario;* o, por lo menos, el *Diario* que conocemos. Tampoco *el Greco* hubiera hecho su verdadera obra, que tiene mucho de panorama de sus propios ensueños, de no haberse casado con Toledo.

Su vida académica duró, con regularidad inalterable, hasta su muerte. En 1850 pasó a explicar la cátedra de Filosofía, luchando con el recuerdo de Ernest Naville, que la había ocupado hasta la revolución. Naville era un gran orador y un expositor fácil, claro, a la "francesa". Amiel hablaba sin brillantez y era oscuro y pesado. Un periódico hizo, años después, una campaña dura contra su actuación profesoral, acusándole de turbio y de estancado. Pero lo cierto es que su cátedra era, como puede comprobarse en el *Diario*, una de las preocupaciones fundamentales de su existencia. Hasta en sus últimos años, cuando llevaba más de veinte de profesor y estaba enfermo, insomne y lleno de contrariedades, anotaba los detalles de la preparación de cada conferencia con el mismo entusiasmo que en sus primeras experiencias de pedagogo; y antes de dormirse dejaba consignada en una frase breve el éxito, adverso o propicio, de la lección y su propia crítica de la misma. Cuando, por ejemplo, escribe: "Mi lección de hoy ha sido excelente", se adivina que ha sido ésta la mayor

(8) THIBAUDET: *Op. cit.*, pág. 91.

alegría de la jornada. Fue, pues, sin duda, un buen maestro, porque sólo con entusiasmo se enseña bien. Si sus alumnos, o algunos de ellos –en total no pasaban nunca de quince o veinte–, le encontraban pesado, y preferían a los otros, a los brillantes, peor para ellos. Bopp (9), que ha estudiado minuciosamente a Amiel como profesor, concluye que, en efecto, su poca fama pedagógica se debe en gran parte a la crítica ligera de los alumnos. En el libro de dicho autor constan varios de los documentos pedagógicos conservados y las notas de preparación de sus cursos (10), así como las que tomarón de éstos varios de sus discípulos. Y están muy bien. En todas las épocas y en todas las Universidades la reputación de los maestros ha solido correr a cargo de los menos capaces de estudiar y de aprender.

Este largo y concienzudo profesorado es ciertamente uno de los ejes de la vida de Amiel. Hay muchos hombres que hacen durante toda su vida la misma cosa. Pero ninguna actividad sis-

(9) BOPP: *H. F. Amiel Essair sur sa pensée et son caractère d'après des documents inédites.* París, Alcan, editor, 1883.

(10) BOOP *(op. cit.*, pág. 276) reproduce una nota de su última conferencia que indica hasta qué punto las preparaba; y es, por otra parte, una muestra de la escrupulosidad casi maniática, de Amiel. Se trata del esquema de distribución de los cuarenta y cinco minutos que debía durar la lección:

Ultima lección (25 junio 1880)

	Minutos
Observaciones	1
Aspecto interior del problema escolar	3
La obra escolar, el maestro	1
La obra escolar, forma de enseñanza	5
La obra escolar, la materia	10
La educación recíproca	10
Educación personal	12
Conclusión	3
Total	45

Esta manía era una herencia paterna; el padre, como diremos, tuvo también su *Diario* y anotaba en él, con un criterio de libro mayor, las cosas más importantes de la vida. Por otra parte, Amiel, al preocuparse así de la técnica de sus lecciones, reaccionaba contra la difusión de los profesores alemanes, que tanto le preocupó desde sus años de estudiante y a los que deseaba no parecerse en esto.

tematizada y repetida influye en la psicología y luego en la vida entera tan hondamente como la rutina de enseñar. Ni la vida del militar ni la del cura son en este sentido comparables a la del catedrático. Enseñar oficialmente, tan a lo largo, es poner cada año en contacto con una generación nueva, abundante y distraída, lo más recogido de nuestra personalidad inmutable y dejar resignadamente que se lo lleven a pedazos. Dar lo mejor nuestro en beneficio de ese monstruo anónimo e inevitablemente ingrato que se llama una promoción. Sentirse envejecer ante un espejo que es cada año más joven y multiplica por eso, a cada nuevo curso, nuestra decadencia. De aquí las características, cansadas, inelegantes, tristes, muchas veces cómicas, del arquetipo del catedrático. El maestro libre es otra cosa. Enseña, elásticamente, lo que quiere y a quien quiere. Por eso los grandes maestros, que suelen estar adscritos al profesorado oficial, hacen lo mejor de su obra pedagógica al margen de la cátedra; y así se renuevan ellos a su vez. Mucho de lo que hay de lamentable en la vida mortal de Amiel se debe a su profesorado. Lo que hay de noble y heroico es lo que tuvo de maestro libre y universal con aquellas mujeres de su intimidad, a las únicas que llamó "sus discípulos" (11); y no a los alborotadores de la cátedra; y, sobre todo, luego, cuando, al morir, habló desde las páginas del *Diario* a todo el mundo.

El apóstol y el hombre

Apenas hay nada más que decir de la vida de Amiel, salvo sus conflictos afectivos, que nos ocuparán luego. Nunca le pasó nada digno de ser recordado. Su *Diario* hipertrofia desmesuradamente los sucesos más simples y vulgares de su existencia, los mismos

(11) Resulta, en cambio, terriblemente penosa la complacencia de uno de estos discípulos, Berta Vadier, que en su biografía le llama con insistencia desesperante "el eminente profesor". Pero lo fue: no hay que darle vueltas.

que pasan sin dejar rastro por la conciencia de los demás hombres. Nadie escribe un Diario sin la intención, más o menos hundida en lo profundo de la subconsciencia, de que algún día sea conocido. Por eso nos asombra el que un hombre deje consignado para la eternidad el número de baúles que necesitó para mudarse de pensión, las dificultades para colgar las cortinas de su dormitorio, las molestias que producía en su intestino un laxante o los fenómenos más íntimos de su alborotada sexualidad de soltero (12). Sin embargo, lo cierto es que todo esto, vulgar o indecoroso, que, por serlo, escapa a la atención de los hombres normales o es condenado al olvido en la subconsciencia, constituye, en realidad, el cañamazo en que se va bordando cuanto hay de noble en nuestros sufrimientos, en nuestros proyectos, en nuestros amores y en nuestras actividades sociales más elevadas. Y cuando un hombre tiene el valor de analizarlo y exhibirlo nos sonreímos con misericordia o con burla; pero, gracias a este hombre atrevido, y sin humillarnos a nosotros, nos comprendemos mejor a nosotros mismos. Igual sucedió con Rousseau y sus *Confesiones*.

Así ocurre también con Amiel. Las primeras ediciones, expurgadas, de su *Diario* suscitaron un movimiento de simpatía y ad-

(12) Claro es que en todo Diario hay cosas de esta nimiedad, que nunca he comprendido por qué se publican. En un *Diario* femenino que en estos momentos alcanza gran éxito entre los más autorizados críticos, se consigna que una avispa y un mosquito se han posado, mientras desayunaba la autora, en su plato de miel, y cien cosas más por el estilo. Es ya demasiada futesa. Por lo que hace a las intimidades sexuales, es curioso que Amiel dedicara frases de condenación a estos mismos errores en las *Confesiones* de Rousseau: "He vuelto a leer las *Confesiones. Al lado de tan basura y sensualidades,* ¡qué admirables páginas! El siglo XVIII tuvo, decididamente, poca preocupación para las cosas sexuales y se cuidaba poco de las obscenidades anteriores y posteriores." *Journal intime* inédito, citado por Bouvier en la introducción de los *Essais critiques, op. cit.*, pág. 306.) Y esto, que es, en el fondo, una condenación de sí mismo, no lo escribía farisaicamente para el público, sino para él, en su propio *Diario intimo*. Pero acaso hay también un fariseo de su propia conciencia, que sería el más despreciable de todos. ¿Y no seremos todos, sin darnos cuenta más o menos así?

miración universales hacia su obra y hacia su persona. Nada menos que Renan (13), dijo de él que había sido "una de las más fuertes cabezas especulativas que habían pensado en los últimos cuarenta años". En España, popularizó el *Diario* con elogios ardientes, en la gran escuela socrática de sus conversaciones y de sus cartas, y en algunas citas en sus libros, don Miguel de Unamuno (14); y Alberto Insúa (15), al que luego habremos de referirnos varias veces. Un poeta delicadísimo de Cataluña, Salvador Albert, comparaba, en un estudio admirable, a nuestro –"triste Hamlet ginebrino"– el gran escritor uruguayo Rodó (17). Y todavía, ahora, con Hamlet, con Fausto y con Leonardo, Ventura García Calderón, en uno de los más perspicaces comentarios que ha sugerido la memoria de Amiel, al que –dice– "me parece comprenderlo y quererlo mejor ahora, que se ha quedado solo" (18). Y el mismo fervor apologético en todas partes (19). El mito fue creciendo: y durante veinte años, Amiel ha sido, para muchas gentes, el prototipo del espíritu generoso, inmaculado, desprendido. Santo laico, moderno y complejo, que tenía su altar en los sueños de millares de adolescentes, sobre

(13) RENAN: "H.F. Amiel", *Journal des Débats*, 30 septiembre-7 octubre 1884. *En Feuilles détachées*. París 1887.

(14) UNAMUNO: *El sentido trágico de la vida y Por tierras de Portugal y España*.

(15) A. INSÚA: *Don Quijote en los Alpes*, Madrid, 1907.

(16) SALVADOR ALBERT: *Amiel*. Barcelona, La Revista, editor, 1919. La comparación con Fausto es el mismo Amiel. En julio de 1859 (*Journal intime*, I-123), escribe: "Acabo de releer el *Fausto* (traducido en verso por el príncipe de Polignac). ¡Ay! Todos los años hace presa en mí esta vida inquieta y este sombrío personaje. Es el tipo de angustia hacia la cual yo gravito, y cada vez encuentro con más frecuencia en este poema palabras que van derechas a mi corazón." En efecto, el problema de Amiel, como el de tantos hombres, era la estrangulación del amor por el conocimiento: el problema de Fausto. Y no olvidemos, para nuestros puntos de vista ulteriores, que el mito de Fausto es esencialmente antidonjuanesco.

(17) RODÓ: *Motivos de Proteo*. Bruselas 1930

(18) V. GARCÍA CALDERÓN: "Visita a Enrique Federico Amiel", *La Prensa* (Buenos Aires), 20 noviembre 1932.

(19) Por ejemplo, Bopp (*op. cit.*, pág. 223), que escribe: "Por la abundancia, la riqueza moral, literatura y filosofía, puede ser que el *Diario* del ginebrino prevalezca sobre todas las obras rivales.

todo mujeres, de todas las lenguas. Hasta que aparecieron los trozos inéditos del manuscrito y su estrella empezó a perder fulgor (20).

Se ha criticado a los editores del primer *Diario* -Fanny Mercier y el crítico Scherer (21)- el espíritu puritano, rigorista, con que eligieron los trozos de la edición primitiva (22), que dio rápidamente la vuelta al mundo. Pero no cabe duda que ambos, y principalmente Fanny, que tanto amó a su maestro, estaba en lo cierto desde su punto de vista del respeto y de la preocupación por la gloria del muerto. Para Fanny Mercier, como para una madre frente a su hijo –su cariño hacia el escritor tuvo mucho de material–, ninguno de los defectos del pobre profesor podía disminuir su pasión admirativa, que era un globo desproporcionado, inflado con amor. Pero presentía que para los demás, para los que no le amaban como ella, había que tamizar la vida penosa y atormentada de Amiel, cerniendo todo lo tristemente humano que enturbiaba y reducía de proporciones. Pero, en realidad, al darnos una versión parcial y amorosamente elegida de la personalidad dc Amiel, creó un personaje artificial. Es indudable que el Amiel de los veinte años que siguieron a su muerte era, en parte, una mentira. Faltaba la otra parte, la íntima, la que no pudieron retocar, y sí sólo esconder, las manos pulcras de su discípula y amiga. Y otro tanto puede decirse de la biografía del poeta publicada en 1886 por su otra discípula, Berta Vadier, cu-

(20) Desde los comienzos de la difusión del *Journal intime,* tuvo, no obstante enemigos leterarios y aun personales, algunos de la violencia de Brunetière: " H. F. Amiel", *Revue des Deux Mondes*. E. Jav., 1886. Pero los críticos actuales -análisis y no pasión- son de otro género que éstos.

(21) Amiel murió, como veremos, el año 1881. Su amiga Fanny Mercier, heredera del enorme manuscrito, se aplicó, con el concurso de otros amigos y dirigida por E. Scherer, a leer los numerosos cuadernos para escoger lo que convenía publicar, a mayor gloria del muerto. Con el título *Fragments d'un Journal intime* y con una introducción del mismo Scherer aparecieron los dos volúmenes de esta primera edición en 1883-1884.

(22) Véase la "Introducción" de Bourvier al *Journal intime,* en la que demuestra incluso la deformación de muchas frases publicadas en las primeras ediciones.

yo espíritu apologético, más aún en el sentido moral que en el literario, es tan claro como conmovedor.

Cuando empezaron a publicarse las partes del *Diario* que censuró el puritanismo de las primeras ediciones –las partes que nos hablaban de las vivencias profundas, instintivas, del autor– la admiración hacia el hombre empezó a enfriarse, y en consecuencia también la admiración hacia el escritor. Es curioso observar como influye la estimación de un autor en la valoración literaria o artística de su obra, por lo menos hasta tanto que el tiempo le deje mucho de nosotros. Precisamente la proximidad con la vida íntima de Amiel debió de ser la causa del desdén con que acogieron su *Diario* en su propia patria; el mismo con que habían acogido, en vida de él sus libros (23); y el que sea en ella donde tiene todavía enemigos más enconados y despectivos. Al fin y al cabo, Amiel, con toda su ropa interior tendida escandalosamente ante el mundo, es, en el fondo, un hombre tan bueno como los demás hombres buenos que van por la vida enseñando a los demás sólo lo que les conviene. Lo que se ha venido al suelo es el ídolo, el semisanto. Pero lo cierto es que al perder Amiel para los lectores actuales el prestigio de espíritu superior y apostólico, remontado siempre por encima de las pasiones, tal como nos lo presentaba el *Diario* primitivo, para descubrirnos los defectos, sin embargo, tan humanos, de su alma –su cobardía, su egoísmo, su sexualidad deformada, la habilidad hipócrita y pedante con que jugaba con ventaja en los momentos de pasión–, se ha enfriado paralelamente el prestigio de su literatura y de su filosofía; o, por mejor decir, de su pretendida filosofía, porque

(23) Es sabido el poco éxito de crítica y de venta que tuvieron sus obras. Sólo logró popularidad -pero ésta enorme y durable- su poesía "Roulez, tambours", tan citada, que él compuso -letra y música-, y es, en cierto modo, un himno popular, "una especie de marsellesa suiza", dice la Vadier. En este libro nos abstenemos en absoluto de toda crítica literaria; pero es evidente que entre el torrente de poemas, improvisaciones y traducciones en verso de Amiel hay bastantes admirables, aun para el criterio actual; merecedores, por lo tanto, de una valoración muy superior a la que merecieron de sus contemporáneos y paisanos.

Amiel fue un "pensativo", pero nunca un verdadero "pensador". El interés biológico, antropológico, hacia la figura de Amiel es tal vez hoy mayor que nunca. Pero está en baja estimación hacia su memoria. Hay libros apologéticos de Amiel, como el de Marchessi (24), que hace años tuvieron gran estima, que corresponden a todo un tipo de literatura sobre este escritor, y que ahora no se pueden leer con paciencia. El *Journal intime* ya no puede ser hoy, como lo era hace veinte años, el confidente y el breviario moral, una especie de Kempis laico, de tantas y tantas generaciones de hombres y, sobre todo, de mujeres jóvenes.

René de Weck (25), compatriota suyo, recoge este estado de depreciación intelectual y moral del escritor suizo en un pequeño libro, implacable, en el que dice que "el pobre hombre del *Journal intime* no me inspira más que piedad"; pero el volumen es, como ya su título anuncia, cualquier otra cosa menos piadoso. Le llama con crueldad, pero con gracia, "el relojero de su *Diario*" (26). La misma obra de Thibaudet (27) está escrita en un tono ligero e irónico, más mortificante que el ataque descarado. Y hasta en el *Journal de Genève*, el periódico grato a Amiel, decía, con ocasión de su centenario, uno de sus críticos: "Lo que sabemos sobre el hombre sólo sirve para estropear su obra. Si el autor nos fuese completamente desconocido, leeríamos con más frecuencia y con más provecho y deleite lo que se ha publicado del enorme manuscrito" (28).

No hay que recurrir al juicio de los otros. Yo mismo, que leí tanto el *Diario* primitivo, en la mocedad (29), que tanto me hizo

(24) MARCHESSI: *Il Pensieroso*. Milano-Hoepeli, 1908.

(25) R. DE WECK: *Amiel ou la noix creuse*. Lausane-Payot, 1931.

(26) Y, en efecto, Amiel tuvo dos abuelos relojeros. El padre de Rousseau era relojero también.

(27) THIBAUDET: *Op. cit*.

(28) H. Z.: "Amiel en Italie", *Journal de Genève*, 18 septiembre 1931.

(29) Yo escribía por entonces, como cada joven, un Diario muy amieliano, sin duda; y anotaba, por brevedad, el balance de mis tres grandes preocupaciones –el amor, el estudio y el tiempo– con números de 0 a 40, como la escala de un termómetro. En la portada del cuaderno de 1848 del *Diario* de Amiel hay un programa

pensar, que tanto influyó, tal vez, en mi posición espiritual de adolescente; yo mismo, cuando comparo mi Amiel de entonces con el de ahora, me hace el efecto de un apóstol intachable e intangible al que un día hubiéramos sorprendido saliendo de un burdel de arrabal. Y, sin embargo, todos los hombres, los apóstoles y los que no lo son, han visitado una o muchas esos arrabales de la conducta. Por eso cuando uno de ellos sabe sacrificar su prestigio ético para decir la pura y total verdad de su vida, como Amiel o como Rousseau, es preciso oírle con piadoso respeto, porque la piedad hacia él es, en cierto modo, piedad para nosotros mismos y comprensión de aquella parte de nuestra conciencia que no tenemos coraje de enseñar. El valor ético de Amiel ha bajado, es cierto, pero por ello mismo ha subido el que tiene como documento humano inapreciable.

Muerte y resurrección

La vida de Amiel, larga y monótona, mezcla de luz y fealdad, como la de todos los hombres está anotada día a día en su *Diario*, cuya redacción regular comienza el año 1847, a los veintiséis años de su edad, y termina el 29 de abril de 1881.
Doce días después, el 11 de mayo, moría, poco antes de cumplir los sesenta, de una enfermedad cardíaca ("hipertrofia cardíaca" se decía entonces), a la que precedió durante varios años una bronquitis que recidivaba cada invierno y cuyo curso anota el paciente con implacable minuciosidad casi todas las noches. Da la impresión de una esclerosis pulmonar, con su última etapa de dilatación y degeneración del miocardio.
Recibí con animoso estoicismo la certidumbre de su fin ine-

sobre la redacción de las impresiones del autor, en el que figura este título: "Termometría de mi estado psicológico". ("Introducción" de Bouvier al Journal *intime*, página XXII.) Claro es que yo no había leído esto cuando hice, durante varias meses, y tan al pie de la letra, la termometría de mi espíritu.

xorable y próximo. Este momento, el más solemne de su vida mortal, se refleja, con profunda emoción para el lector, en varios pasajes, tal vez los mejores de sus Memorias; y también en el admirable capítulo final de la biografía de Berta Vadier. Quien haya visto a muchos hombres en el trance de morir, o lo que aun es más terrible, en el de saber, estando todavía casi buenos, que habían de morir a plazo fijo, no podría leer sin patética emoción aquel pasaje de 23 de enero, tres meses antes del final (30): "En este minuto me siento bien y me parece singular el que esté condenado a morir en término muy breve." "La vida no se concibe unida a la muerte. Por esto, sin duda, una especie de esperanza maquinal, instintiva, renace en nosotros para turbar nuestra razón y hacernos dudar de la sentencia científica. La vida tiende a perseverar. Y repite, como el loro de la fábula, en el momento en que lo estrangularon: No pasa nada, no pasa nada."

Y unos días antes del trance supremo decía a una de las mujeres que le sirvieron de cirineo en su agonía: "¿Cómo haré para morir bien? No hay experiencia para ello; hay que improvisarlo, ¡y es tan difícil!" (31).

Los que hablan sin respeto de Amiel, ¿serían capaces de enfrentarse así en plena lucidez y con tal dignidad, con la muerte? Rodeaban a Amiel, al acabar, sus amigos y amigas a las que dedicó las últimas frases del Diario. Tres días después le enterraron en el cementerio de Clarens, que tantas veces visitó en vida, que le sirvió de refugio para sus meditaciones y en el que dos meses antes había adquirido la tumba. Muy pocas personas presenciaron el sepelio del profesor insignificante. En realidad, era entonces cuando Amiel empezaba a vivir.

La mayoría de los hombres, incluso muchos de vida aparatosa, mueren para ser enterrados. Unos pocos, tal vez incógnitos en la vida mortal, mueren para resucitar, y Amiel fue uno de ellos.

(30) *Journal intime*, II, pág. 352.
(31) BERTA VADIER: *Op. cit.*, pág. 275.

Capítulo tercero

Biografía literaria y biografía humana

Freud dice en uno de sus ensayos: "Si una biografía pretende penetrar hasta lo más hondo de la vida psíquica del héroe, no puede pasar en silencio –como casi siempre ocurre, por dicreción o por mojigatería– las características sexuales del biografiado" (1). Esto, que es siempre verdad, alcanza un valor máximo en ciertos casos como en el de Amiel. Yo recuerdo que

(1) FREUD: "Eine Kindheitserinnerug des Leonardo da Vinci" *Schriften zur angw. Seelenkunde,* 1910-7. También Amiel, al hablar de las obras de madame de Staël, decía esto mismo, más veladamente: "Tendría un placer extraordinario en estudiar a madame de Staël, *como mujer,* a través de mi experiencia actual." *(Journal intime,* inédito, citado por BOUVIER, nota en *Essais critiques,* de AMIEL, pág. 285.) En alguna parte he dicho que todo libro debía publicarse, por lo menos, con el retrato y una biografía del autor. Biografía no oficial (títulos, cruces, cualidades ilustres, etc.), sino, en lo posible, íntima. Porque la obra es tanto del autor, que sin el conocimiento de éste queda roto e incompleto el verdadero sentido de aquélla. Por eso, cuando no conocemos la vida de los grandes autores, tenemos que sustituirla por una leyenda. En otro lugar, hablando de Rousseau *(Essais critiques,* pág. 328), protesta Amiel de que los críticos juzguen a los artistas por su vida privada. La defensa que, desde este punto de vista, hace de Rousseau, escrita ya en su vejez, está, evidentemente, inspirada por su propio caso, por su Diario, lleno de confesiones tan sinceras y tan tristes como las de Juan Jacobo. Cuando escribe: "La crítica respetuosa no rebusca en las miserias íntimas de nadie y sería muy poco generosa si abusase de las imprudencias de un enfermo", está, sin duda, pensando en sí mismo. Otros críticos recientes de Amiel se han hecho eco de esta misma preocupación respetuosa. Así, Baseggio *(op. cit.,* pág. 10), dice: "Sobre este campo (la vida íntima, sexual del autor) que los primitivos editores de Amiel habían hurtado por completo a la publicidad y que las recientes revelaciones han sacado a luz, la crítica de estos últimos años se ha fijado en una complacencia casi exclusiva, desviando el verdadero interés del *Diario íntimo* hacia una curiosidad frívola." Nada menos exacto. El *Diario,* primitivo era una novela más. Su valor inapreciable, como tal Diario, sólo resulta de su conocimiento completo. Lo demuestra el que el autor de los descubrimientos más íntimos de su texto, y, por lo tanto, de los secretos de Amiel, es quien más ha honrado, en todo tiempo, su memoria: el propio B. Bouvier. En el citado ensayo de Freud sobre Leonardo da Vinci (capítulo VI) hay una interesante disquisición sobre el valor que los detalles más leves e incluso los francamente patológicos –la patografía del héroe– tienen para su cabal conocimiento.

cuando leía, de mozo, la edición primera del *Diario*, sentía, por instinto, la necesidad de la explicación biológica, que faltaba a aquella vida casta y casi santa, de varón atormentado. Tengo también por cierto que esta misma impresión, apenas apoyada en raras frases alusivas, que el celo de sus primeros editores dejó escapar en el expurgo de las 16.000 páginas de la vasta autobiografía, constituyó siempre una buena parte del incentivo apasionado que despertaba esta lectura en miles y miles de hombre y de mujeres. La ulterior publicación de los fragmentos inéditos del *Diario* ha colmado, con creces, la sospecha. Hoy podemos afirmar que la tragedia íntima de Amiel, tragedia de la que surgió su obra perenne, es una desarmonía entre su instinto sexual y la realización de este instinto, desarmonía engendrada, como la de tantos hombres, en parte por condiciones nativas de su organismo y en parte por imposiciones del medio en que se vio obligado a vivir.

Los progresos de la psicotología moderna –sobre todo la divulgación de las ideas freudianas–, coincidiendo con el conocimiento detallado del *Diario* de Amiel, en su aspecto autobiográfico (las primeras ediciones eran, ya lo hemos dicho, una recopilación literaria y filosófica, más que el documento de una vida), dieron lugar a multitud de estudios médicos y psicológicos sobre la personalidad normal y patológica del pensador suizo. Remitimos al lector interesado en este aspecto del tema a la tesis de Medioni (2) y, sobre todo, al copioso volumen, no propiamente médico, pero colmado de datos y sugestiones psicológicas, de Bopp (3). Nosotros no tocaremos nada de esto más que de pasada. Creemos, como el mismo Medioni, que es pueril querer hacer de Amiel un enfermo. Amiel fue un hombre, fisiológicamente, normal, y, socialmente, vulgar; y a esto se debe precisamente –repitámoslo– el interés que despierta su

(2) MEDIONI: *Essai sur le caractère d'Amiel à la favour des conceptions psychopatologiques contemporaines*. París-Arnette, 1927.
(3) BOPP: *Op. cit.*

vida. Se me dirá que no puede llamarse vulgar a quien poseía la sensibilidad, la cultura y la capacidad meditativa que acredita su *Journal intime*. Pero la medida del valor social de un hombre la de la eficacia de su propia vida y de su acción profesional y no los documentos de ultratumba; y en este sentido, todos están de acuerdo en que la existencia de Amiel fue la mediocridad. Por no citar más que un solo testimonio, recordaremos aquí el tantas veces comentado de Scherer, el gran crítico, amigo íntimo de Amiel, que, al recibir, a poco de muerto éste, la visita de Bouvier, portador del manuscrito del *Diario*, para que lo leyera y para que patrocinara su publicación, exclamó: "Recoja esos papeles y lléveselos, joven. He conocido a Amiel. He leído sus obras. No acertó nunca. Dejemos a su memoria dormir en paz" (4). El diagnóstico –pedante, como de crítico de oficio– era autorizado e inapelable. Y, sin embargo, este hombre vulgar –no hay por qué rectificar el epitafio– había vivido, en secreto, una existencia apasionada, esmaltada de momentos felices de creación, alguna vez geniales: como seguramente le ocurre a multitud de otros ciudadanos del montón, del más informe montón, que no escribieron nunca su autobiografía, porque no pudieron, porque no quisieron o porque no sabían escribir.

Tampoco vamos a renovar aquí la vieja cuestión, nunca aclarada, de dónde acaba el terreno firme de la normalidad y dónde empieza el campo cenagoso y arbitrario de lo patológico. Nadie lo sabe; y menos en psicopatía, como puede comprobarse en los informes de los peritos en psiquiatría cada vez que un hombre cualquiera comete una acción antisocial o que se lo parece a los demás. Lo cierto es que los hombres más normales pueden ejecutar hechos, aislados o continuados, inspirados por una anormalidad irresponsable; como los locos de atar tienen con frecuencia plena y normal conciencia y, por lo tanto, res-

(4) *Journal intime*. Introduction, pág. XXXII.

ponsabilidad absoluta de su proceder. En el fondo, el que el balance de nuestra actividad sea o no sensato depende de que el medio en que nos movamos nos sea favorable o adverso. Los psicólogos y psiquiatras están de acuerdo –lo cual, por lo demás, es una perogrullada– en que ese acomodo o ese roce con el medio está, en gran parte, ligado a la fácil o difícil satisfacción de los dos instintos primarios, el de la conservación y el de la reproducción. Este último –que en la especie humana se complica y dignifica tanto– es el que más nos interesa; el que interesa también con pasión, en ocasiones excesiva, a los biólogos y artistas actuales; porque se infiltra en los estratos más delicados y profundos del alma; y, como actividad que es de lujo, y no de primera necesidad, afecta más honradamente a las criaturas superiores, a las que se han liberado, hasta cierto punto, de la servidumbre del instinto de la conservación.

Amiel, hombre de jerarquía superior, dentro de su vulgaridad, sufrió la esclavitud de una frecuente desarmonía sexual, la timidez. Sería, desde luego, fácil demostrar en su espíritu, abierto de par en par por él mismo, como ningún psicoanalista lo hubiera logrado, rasgos de una determinada constitución mental, deformada o excesiva. La suya era evidentemente propensa al autoanálisis, a la introversión y a la melancolía. Como la de tantos otros hombres. Pero hubiera sido feliz, con tal mentalidad, de no haberse interpuesto, entre ella y el medio, el instinto trastornado por la timidez.

Toda su vida, desde que escribió el *Incipit Vita Nova* de su conciencia hasta que murió, a los sesenta años, con la terrible lucidez de los cardíacos, podría definirse como un viaje doloroso, inacabable y sin objeto, en torno de su sexo. Y su ejemplo debe aprovechar a los demás para liberarse del suplicio increíble, reservado a la especie humana, de que el instinto más noble, el que nos da la facultad divina de crear seres nuevos, se convierta en un tirano insoportable, que turba nuestra vigilia y nuestro sueño y extravía y deforma desde las más menudas hasta las más excelsas de nuestras actividades. Sólo esta lección serviría para dar por bien empleado el sacrificio y el esfuerzo titánico que supone la redacción interminable del *Diario íntimo*.

Amiel, fue, en efecto, un hombre frustrado por el cáncer de la timidez, una de las plagas que ha arrojado fuera de la normalidad social a mayor número de varones bien dotados; nunca mujeres, entre las que el morbo es desconocido; y por razones muy profundas, a que luego aludiremos. Me atrevo a decir que, por lo menos, la mitad de los hombres han visto algunas épocas de su vida turbadas por este mal; y que en una cuarta parte de ellos, la persistencia crónica del sentimiento de incapacidad es la causa recóndita de fracasos, extravagancias y tragedias en apariencia inexplicados. Enfermedad singularmente dañina, porque el que la padece la lleva oculta casi siempre, bajo una máscara de normalidad, afanosamente fingida, que dificulta su diagnóstico y su remedio. El tímido pasa a nuestro lado, con frecuencia, sereno; y, a veces, fingiendo un ímpetu sobrante: porque aquí, en el terreno sexual, en mayor medida aún que en ninguna otra actividad humana, se compensa la flojedad auténtica con el exhibicionismo. Ignora el tímido que muchos, muchos de los que le ven pasar con indiferencia o con envidia, padecen su misma preocupación. Sólo los médicos no lo ignoramos. Y sé bien, por eso, que cuando hablo o escribo de este tema hay muchos hombres que se sienten tocados en su llaga viva. A ellos, como siempre, dirijo estas palabras de claridad y de optimismo.

Las categorías de la timidez

Mis observaciones sobre la timidez me han hecho conocer que bajo este rótulo se designan estados producidos por mecanismos muy diversos y aún antagónicos. Se ha escrito mucho sobre la timidez sexual; pero, salvo excepciones, muy poco observado con rigor y sin perjuicios y escrito con claridad y sin pedantería. Es, pues, preciso decir algunas palabras sobre este punto para que comprendamos la ejemplaridad del caso de Amiel (5).

La timidez sexual es un estado de inferioridad e inhibición, creado por la conciencia de la incapacidad físima para el amor. Esta incapacidad es, unas veces, efectiva, es decir, producida por lesiones de las glándulas generadoras o del sistema nervioso, que impiden el juego sexual. Pero entonces, por extraño que parezca a primera vista, puede no existir la timidez, porque con la capacidad física se ha desvanecido, casi sin excepción, el instinto de la atracción amorosa. De tarde en tárde, por lo tanto, observamos el verdadero suplicio de Tántalo en el amor: el de un hombre que desea lo que materialmente no puede conseguir. Esto es tan cierto, que en la Clínica, al examinar a los enfermos que se quejan de la debilidad de su instinto, nos sirve para orientarnos sobre la base orgánica o puramente neurótica de su anormalidad, el estado de tranquilidad o de angustia con que nos la refieren. Si existe la lesión, que le elimina de la posibilidad de una vida sexual fisiológica, es frecuente que el enfermo nos cuente su impedimento con absoluta indiferencia. Incluso ocurre que al reseñarnos sus anormalidades, olvida ésta, hasta que nosotros le preguntamos por ella. Como el deseo ha desaparecido también, la situación del paciente es la misma que la de un hipotético enfermo incapaz de digerir, en el que no existiese la necesidad de comer. Es evidente que no se enteraría de su incapacidad. La verdadera angustia de la timidez la crea la desarmonía entre la apetencia, que existe, y que se exalta por una suerte de preocupación obsesiva del sexo, y la incapacidad momentánea de satisfacerla, como ocurre con los enfermos neuróticos, sin lesión auténtica de su aparato neuroge-

(5) Sobre el tema de la neurosis sexual masculina, y muy especialmente sobre la timidez, tengo un libro en preparación: tan larga como la de todos los míos.

nital. Entonces el enfermo nos refiere su transtorno angustiosamente, apenas se ve frente a nosotros o apenas se desvanece el momento de pudor e inhibición que le paraliza en los primeros instantes.

El verdadero incapaz puede ser también tímido; pero a su modo. Más bien, aparece como indiferente y prudente. Consciente de su situación y tranquilizado por la falta del impulso, se abstiene de aludir a la actividad sexual; como un cojo de nacimiento no se preocupa de inscribirse en una prueba de saltos. Incluso, a veces, afronta la convivencia sexual cínicamente, a sabiendas de su inferioridad y de sus posibles consecuencias, como he tenido ocasión de observar en varios hombres, al tanto de su defecto y de su incurabilidad, que, sin embargo, por conveniencias de otro orden (bodas por razón de Estado o por ventaja monetaria, por horror a la soledad, etc.), no han dudado en casarse, con el consiguiente estupor nuestro.

El tímido propiamente dicho es, como he indicado, aquel en el que el mecanismo sexual es, teóricamente, perfecto o casi perfecto; pero que en la práctica se inhibe y se hace difícil o imposible por la falsa conciencia que el enfermo experimenta de su incapacidad. Esta conciencia, en constante pugna con el deseo intacto y exaltado, crea y aumenta a cada desgraciado intento la situación de inferioridad, que termina por anular toda posibilidad de vida de relación entre los sexos.

Mecanismos de la timidez

Para comprender cómo se engendran estos estados de inferioridad y timidez es preciso tener en cuenta que el acto sexual se produce por un mecanismo sumamente complejo y sometido al control de innumerables influencias humorales y nerviosas. Siendo una función de lujo, la más notable entre todas las de la esfera vegetativa, requiere para su perfecta realización una suerte de equilibrio previo con el resto de las vivencias del individuo, desde las más groseras entre las orgánicas hasta las más elevadas de la esfera psíquica. Y sobre esta complicación innata e inevitable hay que contar con todas aquellas otras que ha ido acumulando el artificio de la civilización: ignorancia, enseñanza perversa o a destiempo, perjuicios éticos o sociales, etcétera. Es muy difícil que alguna o algunas de estas causas de perturbación no influyan incorrectamente sobre el desarrollo y sobre el libre ejercicio de la función sexual masculina. Sobre todo en la niñez, cuando el instinto ensaya sus primeros pasos titubeantes, esos agentes turbadores del inestable equilibrio de la sexualidad incipiente dejan en ella señales profundas y, en ocasiones, indelebles. El acto sexual es una serie de reflejos, humorales y nerviosos, encadenados entre sí; y estos reflejos "se condicionan" en sus primeros ensayos, muchas veces ya para toda la vida, según la influencia, buena o mala, que los desencadena. La estrella que alumbra el despertar de nuestro sexo nos acompañará siempre. De aquí la importancia que tiene para la vida de los instintos lo que ocurre en la edad infantil, cuando el nuevo ser parece distraído de cuanto sucede en torno suyo y está, sin embargo, captando las menores impresiones, las palabras dichas a media voz, el guiño significativo: todo. El adulto, debe guardar ante el niño, por pequeño que sea, el mismo respeto que ante su Dios.

En muchas ocasiones, el joven que despierta a la vida sexual experimenta sensaciones de depresión, de inferioridad, unidas a sus primeras emociones eróticas, que, en efecto, condicionan su actividad instintiva ulterior en el sentido de la timidez. La más frecuente de estas causas se refiere al fracaso en las primeras tentativas amorosas, lo cual ocurre, según mi experiencia, en el 80 por 100 de los hombres jóvenes, por lo menos en el medio meridional, en el que la vida de los sexos se inicia con absurda precocidad. El muchacho, decepcionado, se cree afecto de una incapacidad para el amor, y el estado de timidez subsiguiente perturba y anula las experiencias futuras hasta que el vigor del instinto se sobrepone; a menos que la fuerza inhibidora haya sido tan grande o que la constitución nerviosa del individuo la agrave hasta tales límites, que la vida sexual se condicione para siempre en la dirección de la inferioridad. Este hombre se morirá de viejo en una castidad forzada, tan absurda como la de un hombre que se muere de hambre con los bolsillos llenos de monedas por estar convencido de que eran falsas y no le servían para comprar el pan cotidiano. Otras muchas circunstancias intervienen en la creación de este complejo de timidez, como los consejos terroríficos de los moralistas y de los médicos. Todo lo que una influencia ética y religiosa saludable y una explicación higiénica sensata pueden ayudar a salvar estos años de la vida viril que reiteradamente hemos calificado de "críticos" (6), puede actuar desastrosamente si se ejercen sin tacto y sin claridad. Ya sé que la solución de este problema -la iniciación, moral e higiénica, de un joven a la vida sexual- es una de aquellas que todavía no entrevemos, ni siquiera presentimos. Pero hay una regla segura: no mentir. La mentira, siempre perjudicial, es fatal, venenosa, cuando se trata de la sexualidad. Y, por desgracia, el repertorio de los conocimientos sexuales de cualquier adolescente de nuestra civilización está hecho a base de mentiras.

La más dañina de todas ellas es el falso concepto de la cronología y de la trascendencia de la virilidad. El hombre que empieza a serlo ignora que el equilibrio adecuado para la perfecta realización de los actos sexuales no se alcanza normalmente hasta una edad muy posterior a la que le han hecho creer sus informados mentirosos: los amigos petulantes o pervertidos, los librillos clandestinos, las mismas obras maestras del arte. Los padres o los instructores, que tanto empeño ponen en aterrarle

(6) Véase nuestro libro. *La evolución de la Sexualidad,* 2.ª edición. Madrid-Morata, 1930. Edición inglesa, revisada, 1932. *(The Evolution of the Sex.* Allen-London, 1932.)

con la sífilis, con la neurastenia o con el infierno, no se cuidan de deshacer ese otro error fundamental. El reflejo sexual no se cumple bien, por lo común, hasta pasados los veinticinco años; a veces hasta más tarde todavía. Todo lo que se intente antes son, pues, meros ensayos, que, como tales, pueden resultar bien; pero pueden fracasar.

Ahora bien: el sexo, en el hombre, tiene un código de honor, de rigidez bárbara, que condena como varones vergonzantes e imcompletos a los que no son capaces de hacer una vida de plenitud desde los quince años o poco más. De aquí el sufrimiento infinito, la vergüenza en la dignidad radical del sexo, que sobrecoge a tantos de estos mozos después de su derrota en la primera escaramuza, librada, por lo común, en condiciones de inferioridad manifiesta, bajo los auspicios de una maritornes lamentable o de una Venus de burdel de última categoría...

Este sentimiento, absurdo, del honor sexual, que confunde la noble esencia de la virilidad –que es la pasión por el trabajo creador y por la justicia– con una resistencia erótica de chascarrillo, es la razón de que la timidez sexual no exista más que en el hombre. En la mujer la inferioridad sexual no se valora por su falta de capacidad para el amor físico, y que éste, en ella, puede ser, y es con gran frecuencia, un acto meramente pasivo; si siquiera la ausencia de aptitud concepcional es motivo bastante de depresión. Sólo la falta de los elementos de la atracción física –carencia absoluta de belleza o de gracia– colocan a la mujer en esta situación depresiva ante el amor, y puede, por lo tanto, ser origen de estados de timidez comparables a los del hombre, aunque siempre menos profundos; porque en la mujer la sexualidad encuentra cauces fáciles para orientarse en otras direcciones: para "sublimarse", según la terminología psicoanalista.

Puede contribuir a la creación de los estados de timidez sexual la existencia de pequeñas anomalías o defectos, en realidad insuficientes para dificultar el juego erótico o completamente ajenos a él, pero que el adolescente valoriza hiperbólicamente, sobre todo si tiene un temperamento nervioso y concentrado. Téngase en cuenta que casi todos los hombres, en esta etapa de su evolución, propenden fuertemente el autismo. La hipervaloración de estas anomalías exagera el pudor y dificulta gravemente el comercio sexual. De todos estos motivos de autodepresión sexual, el más frecuente y dañino es el de la conciencia de la pequeñez de los órganos de la generación. La mítica sexual, a que antes nos hemos referido, crea una idea volumétrica del sexo, difícil de adaptarse a la realidad. Este estado de hipovaloración material es, sobre todo, habitual en jóvenes afectos del frecuentísimo estado que hemos descrito tantas veces con el nombre de "adiposidad eunocoide prepuberal" (7). Tales niños atraviesan, antes de ser púberes, unos años en los que la evolución se retrasa, adquiriendo una morfología parecida a la de la muchacha, gracias a la especial distribución de su grasa; y, a la vez, sus órganos generadores quedan detenidos en un estado infantil que, generalmente, se recobra pocos años después. Se trata, pues, de un mero retraso transitorio; pero mientras existe, el adolescente adquiere el convencimiento de su inferioridad, que agravan las burlas de sus compañeros de promoción; y este convencimiento condiciona desastrosamente su vida sexual ulterior.

De tales encrucijadas diversas de la vida juvenil, que someramente hemos comentado, nace el gran contingente de tímidos, cuya timidez se engendra en un auténtico complejo de inferioridad. A esta categoría no perteneció Amiel. Sin embargo, nos ha sido preciso explicarla antes de desentrañar el mecanismo de la enfermedad de otros tímidos, completamente diferentes, que pueden simbolizarse en nuestro héroe.

(7) MARAÑÓN: "La adiposidad eunucoide prepuberal", *Archivos Españoles de Pediatría, 1925-9-704, y La Evolución de la Sexualidad,* citada, capítulo XV.

Capítulo cuarto

El tímido superdiferenciado

En efecto, frente a todos estos casos, en los que la timidez se edifica sobre cimientos –imaginarios o reales– de inferioridad, hay otro grupo de tímidos mucho menos conocido, en los que el miedo a amar se debe, por el contrario, a una situación de superioridad del instinto, a una diferenciación exagerada del mismo: en suma, a un verdadero "complejo de superioridad" sexual. Su actitud es, pues, exactamente la inversa que la de los tímidos antes considerados. Estos, los que para abreviar llamaremos ahora *tímidos-inferiores*, consideran al amor como una fortaleza inexpugnable para sus pobres fuerzas. Aquéllos, los *tímidos-superiores*, consideran al amor como un jardín abierto y propicio, al que un crepúsculo del instinto, un sentimiento de excesiva delicadeza, y sólo esto, impide entrar y poseer. Más exacta y explicativa sería, aunque más grosera, esta otra comparación: los tímidos de la primera categoría, ante una mesa llena de manjares, no se atreven a tocarlos, aun estando hambrientos, porque se creen incapaces de digerirlos; los tímidos del otro grupo tampoco se atreven, porque el manjar es grosero para su gusto refinado, porque le faltan las condiciones de selección, de condimento, de adorno, que exige la evolución extremada de su apetito. Esta comparación nos da cuenta exacta de lo que quiero decir. En otro lugar (1) he expuesto los fecundos puntos de vista a que nos conduce el paralelo entre el hambre de comer y la líbido o hambre sexual. Hay hombres de gustos modestos que no se atreven a comer, aunque tengan apetito, ante la mesa de un restaurante lujoso. Otros hombres, muy refinados, sólo pueden comer, como el Emperador romano, el pez único traído del mar negro, arreglado

(1) MARAÑÓN: "Reflexiones sobre el hambre". Conferencia en el Centro Germano-Español. Madrid, 1931.

por un cocinero insustituible y servido en prodigiosa fuente de plata repujada. Es un error imperdonable el del médico que ante uno y otro caso se limita a diagnosticar "inapetencia" y a recetar el mismo aperitivo. Lo mismo podría decirse para el amor.

Pero esta timidez por superioridad del instinto –a la que me apresuro a decir que pertenecía Amiel– requiere algunas explicaciones más.

¿Cómo, en efecto, dos actitudes opuestas, los dos extremos de una gradación del instinto, la conciencia de la propia inferioridad y la conciencia –o la subconsciencia– de la propia elevación, pueden conducir a un mismo resultado, a la incapacidad de amar, y por idéntico mecanismo, esto es, por la timidez?

Ya otras veces he expuesto el detalle (2) cómo el modo y el tono del funcionamiento del instinto sexual es una resultante no sólo de la propia capacidad, sino de la diferenciación del objeto elegido. El amor, salvo en los organismos hermafroditas, requiere una pareja. Es, pues, preciso contar siempre con ella para explicarnos el resultado del amor. Varios hombres pueden tener absolutamente la misma capacidad que pudiéramos llamar neta o bruta para el instinto de la especie. Sin embargo, su historia amorosa puede ser totalmente distinta. Uno, por ejemplo, siendo perfecto varón, puede haber consumido su vida en la adoración de un ideal místico o de un arquetipo femenino lejano, ya imaginado, como en Don Quijote, ya apenas entrevisto –"como una aparición vestida de noble color rojo"–, como en el Dante. Otro hombre, igualmente perfecto, puede haber realizado la dicha de la convivencia material con una compañera única e inagotable. Otro puede haber dispersado su ímpetu en docenas y docenas de aventuras fugaces. Otros, en fin, pueden haber caído por los derrumbaderos de la perversión. Es muy posible que cada uno de estos hombres, con idéntica aptitud de amar, pero en circunstancias distintas, hubiera podido ocupar el puesto de cada uno de los demás. Lo que los diferenció radicalmente fue la elección del ob-

(2) *La Evolución de la Sexualidad,* capítulo XIII.

jeto. Del mismo modo que en una fila de tiradores, armados del mismo fusil, uno da en el centro del blanco; otros, en las cercanías; los demás disparan al aire y algunos quedan con el arma inédita en las manos.

Proceso de diferenciación del objeto sexual

Ahora bien, esta elección del objeto del instinto depende, no sólo de la voluntad del amante, ni del azar de la vida, sino principalmente del grado de diferenciación y progreso del instinto mismo. Para mí es indudable que este progreso se hace siempre, en la evolución filogénica y ontogénica del sexo, en el mismo sentido: desde la indiferenciación del objeto del instinto hasta su máxima diferenciación. Primero, en los grados inferiores de la sexualidad, el objeto de ésta es cualquier cosa; el instinto ni siquiera repara en la diferencia del sexo. Después, el objeto es ya el sexo contrario, pero todo él: la hembra para el macho y éste para la hembra. Más adelante, el instinto diferencia, entre todo el sexo contrario, un grupo de individuos dotados de determinados caracteres, sin los cuales la atracción no existe en condiciones normales. Este grupo va siendo, a medida que la diferenciación del instinto avanza, cada vez más reducido, porque la elección se hace sobre caracteres cada vez más definidos y especiales. Y así, se llega al grado supremo de la diferenciación, aquel en el que se concentra el objetivo del instinto en un solo y único individuo, fuera del cual la atracción no puede existir.

Este proceso da, pues, la categoría de forma perfecta de la vida sexual a la monogamia, esto es, a la elección de un sólo e intransferible individuo, como objeto de la atracción. De aquí el que sean muy pocos los individuos de la especie superior, de la humana, aún en la época actual, preparados para ella; y así nos explicamos el poco éxito que esta afirmación mía suele tener cada vez que la he expuesto en público. Apenas hay quien no sonría de mi exaltación del amor monogámico. Sin embargo, no creo que pueda dudarse de que digo la verdad, si examinamos con más detalles, en las especies animales, y en el hombre, este proceso de la evolución sexual que, de un modo general acabamos de diseñar.

En las especies animales más inferiores, la sexualidad es hermafrodítica, y, por lo tanto, el acto reproductor, puro rudimento, se verifica sin necesidad de una pareja. El proceso elemental se marca por la aparición de gonocorismo, esto es, de la división de los individuos en dos sexos distintos. Entonces el instinto se ejercita mediante la atracción hacia el sexo contrario. Pero el animal -incluso los más próximos al hombre-, para cumplir el fin reproductor, sólo busca el sexo *in genere,* jamás a un individuo determinado. El elegir, para amar, a un solo y único individuo es privativo de la especie humana y uno de sus más gloriosos blasones. Incluso la diferenciación del sexo es oscura en muchos animales superiores y por ello vemos la facilidad con que en ellos se produce la homosexualidad, cuando urge el hambre del instinto. Tan sólo en casos raros, no siempre verídicos, y, por lo común, en animales domésticos, se da el esbozo de la elección individual. Lo normal es la actitud, que llamaremos "cínica", ante el sexo; esto es, la atracción hacia todo él y la elección de una pareja por mero accidente y sin otro compromiso biológico que el nacimiento de los hijos y quizá los primeros cuidados que se realizan en común hasta que el pequeñuelo se baste a sí mismo para volar o correr por el ancho mundo. Logrado esto, la compañía se deshace, y otra vez el azar decidirá el hallazgo de la pareja futura. En un trabajo de Zuckermann (3) leo que en los monos superiores existe ya un grado más avanzado del proceso de la diferenciación, que simila su vida sexual a la de ciertas etapas de la civilización humana incluso contemporáneas. Es frecuente observar que los machos eligen un harén de hembras, con el que esta-

(3) ZUCKERMANN: "The Social life of the primates", *The Realist.* (London) 1929-1-72.

blecen asociaciones durables y no meros encuentros fugaces. Estas hembras no pueden ser poseídas por otros machos. Existe, pues, una unidad social, de base sexual, en el fondo idéntica a la de los hombres actuales, que, con harén o con matrimonio, y, por lo tanto, legal o extralegalmente, ejercitan un tipo de poligamia sexual limitada, de grupo, compatible casi siempre con una monogamia legal y afectiva. Una sola mujer posee el afecto íntimo, conyugal; pero las efusiones materiales se reparten entre varias mujeres. Una porción de circunstancias, de orden social -o más profundas aún, netamente antropológicas, como la desproporción entre el número de hombres y mujeres-, influyen en este estado actual de la evolución. Pero es indudable que su etapa superior no puede ser otra que la localización absoluta de la actividad sexual en una mujer sola, que desde luego, puede no ser permanente, si razones invencibles (muerte) o de categoría suficiente para allanarse a ellas, lo exigen. Porque lo que no puede admitirse con un criterio biológico, aunque sí con un criterio de ética superior, es prolongar la monogamia más allá de los límites naturales de la muerte, por mero respeto al difunto, o más allá de las barreras de la aversión personal.

Evolución del objeto sexual en el hombre

Esta misma evolución de la sexualidad en las especies se observa, a veces, dentro de la evolución individual del hombre. El niño no siempre carece de una sexualidad viva, como ha demostrado Freud, con escándalo de los que viven en el limbo de la distracción. Cuando esta sexualidad, como ocurre casi siempre –siempre para los psicoanalistas–, existe, el infante, influido todavía poderosamente por la bisexualidad embrionaria; por esa suerte de hermafroditismo de las primeras fases de nuestra evolución, busca elobjeto de sulíbido de una manera torpe,ni siquiera enindividuos delsexo contrario,sino en cualquier individuo,sin reparar en su diferenciación. Tal vez en sí mismo. Todavía en los años que preceden a la pubertad, y aún en ésta, son por ello tan fáciles las tendencias homosexuales y narcisistas. La diferenciación del propio sexo –la pubertad– se caracteriza en las mujeres y, sobre todo, en los hombres, más que por el despertar de la atracción, como suele creerse, por la especificación del objeto sexual. De aquí el que en esta edad se desarrolle la coquetería, sobre todo en la mujer, con el mismo rápido ímpetu con que acontecen los fenómenos puberales: la acentuación de las formas, el cambio de la voz y el brote del vello específico. La coquetería es, en el fondo, esto sólo: un esfuerzo más, no menos natural que los otros, para acentuar la diferenciación sexual, por lo tanto, para favorecer la individualización de la elección amorosa en los individuos de otro sexo (4).

A partir de estos años, y en las gentes normales, sólo el sexo contrario es capaz, en efecto, de suscitar la curiosidad y la pasión: el "otro sexo", estrictamente y con profundo rigor. Ha terminado la confusión sexual. Pero todavía la diferenciación no pasa de ahí, de esta actitud de atracción hacia todo el sexo, análoga a la del animal; y por eso la llamaremos también "cínica". Sólo en hombres muy precozmente diferenciados, superiores a su propio ritmo evolutivo, influidos por una civilización muy profunda, puede aparecer desde edad muy temprana la preferencia estrictamente individual y perdurable, como en el caso de Dante, enamorado desde la niñez de una novia inmutable y eterna; y otros, más o menos novelescos, que todos conocemos; pero, por lo común, repitámoslo, el impulso del adolescente se dirige todavía, cínicamente, hacia la totalidad del otro sexo. Los amores pasionales y dramáticos por una mujer, en la primera juventud, suelen ser, salvo esas excepciones, tan teatrales como fugitivos.

La elección diferenciada, el hallazgo de la mujer o del hombre específicos y permanentes, no ocurre hasta que se alcanza la

(4) Véase nuestro estudio preliminar a la edición española del libro de Malinowski *La vida sexual de los salvajes*. Madrid-Morata, 1932.

madurez. De aquí la tragedia de que el matrimonio temprano, que es, desde muchos puntos de vista, conveniente y a veces necesario, corra el peligro de frustrarse por esta diferenciación tardía del instinto en la edad de la razón. Esta es la explicación, biológica y por lo tanto noble, de rupturas tardías de parejas hasta entonces irreprochables. Sobre todo, es esto posible en la mujer, porque, su evolución es más lenta que la del hombre, y no es raro que haga el descubrimiento de su personalidad y de sus auténticas preferencias en años relativamente maduros. Por fortuna, atenúa el peligro social de este suceso la docilidad con que en muchos hombres y mujeres se condiciona el instinto a la influencia de la costumbre, que suele nombrarse, neciamente, con desdén, cuando es una de las más nobles canteras de actitudes humanas superiores. La convivencia llega a crear casi un instinto nuevo y hay muchos seres humanos que viven y mueren en este artificio; quién sabe si, en el fondo, más profundamente felices que los que obedecieron a la influencia virgen del instinto; porque el premio de la propia creación es más arriesgado de ganar, pero más alto y más fecundo que el que nos depara la casual atracción. Es evidentemente inexacta la sentencia de Tolstoi, que tanto se ha repetido y ha servido de pretexto para tantas explicaciones injustas, de que "la mujer más peligrosa es aquella a la que nos unen los lazos de la costumbre". Los lazos que crea la costumbre son, entre seres humanos inteligentes y libres, obra excelsa de mutua creación sobre lo ya creado, de re-creación verdadera, y, como tal, fuente de los más puros deleites. Sin embargo, la diferenciación del objetivo amoroso no siempre se alcanza, ni siquiera en la fase del grupo. Es frecuente, en la etapa actual del progreso humano, que el hombre quede detenido en la actitud cínica durante su vida entera; y entonces corre de mujer en mujer, porque la meta de su atracción no es "una mujer" determinada, sino "la mujer" como tal sexo. Es el caso de don Juan, detenido en el umbral de la femineidad e incapacitado de localizar su atracción en ninguna de las infinitas amantes que pasan por sus manos. Por eso he considerado siempre el amor donjuanesco como un grado inferior, indiferenciado, próximo al amor bisexual. Un amor, en suma, vecino del de los niños o del de las mujeres muy indiferenciadas. Por lo tanto, afeminado, aun cuando este concepto del afeminamiento del Don Juan haya sido tan mal comprendido por algunos. En muchos donjuanes la hora de la diferenciación no llega nunca y conservan su actitud poligámica hasta la vejez extrema. No sin razón se los considera por ello como jóvenes eternos; y es éste precisamente uno de los más eficaces resortes de su poderío frente a la mujer. En otros, la diferenciación ocurre tardíamente, y entonces, ya vetustos, pueden encontrar la mujer "individuo" en que se pose, al fin, su líbido volandera. La historia de los grandes tenorios abunda en estos enamoramientos tardíos, que no son, como suele decirse, claudicaciones de la senectud, sino el florecer retardado de un proceso evolutivo normal. Por lo menos, en un grupo de donjuanes.

Gran parte de los hombres superan, sin embargo, esta etapa "cínica" o donjuanesca; los auténticos tenorios son mucho menos frecuentes de lo que se dice. Apenas entrada la juventud, la elección del instinto empieza a localizarse, si no en una mujer única e intransferible, en un grupo de mujeres dotadas de un cierto número de cualidades comunes, ya de orden psíquico, ya de orden morfológico. El ser humano de categoría media tiene, en suma, en el amor lo que se llama su "tipo" –alto o bajo, moreno o rubio, enérgico o dulce– del que no se sale como no sea obligado por la necesidad.

Monogamia pura y monogamia de grupo

Esta etapa del grupo, bien caracterizado y limitado, es la base actual de la vida monogámica, que consideramos como la etapa superior y más noble de la evolución del instinto. Claro es que no significa una monogamia pura, en el sentido estricto, esto es, la unión única y perdurable de un hombre con una sola mujer. Esta monogamia genuina, rigurosamente individual, depende, todos lo sabemos, de una porción de circunstancias tan ajenas al instinto, que por muy diferenciado que éste esté, lo corriente es que, en la práctica, se haga dificilísima o imposible. Se comprende que "la media naranja" del mito, sólo excepcionalmente pasa a nuestro lado, y cuando pasa, lo probable es que la dejemos pasar sin enterarnos. Por ello, la tendencia a la estabilidad monogámica, propia de los varones superiores, se ejerce, por lo común, no con relación a una mujer, sino entre las mujeres de su grupo. Una, que podía haber sido otra semejante, se convierte en compañera, y sobre esta materia propicia al hábito amoroso, a que antes nos hemos referido, puede acabar de completar la obra. Así, abundan los casos en que esa mujer, al principio un tanto al margen de la puntería del instinto, acaba por "centrarse" y hacerse indispensable e insustituible para el instinto de su compañero.

Pero casi siempre la tendencia monogámica se hace compatible con el régimen de harén extraoficial, tan común en nuestra sociedad, en el cual la compañera legítima desempeña el papel de la favorita, y una serie de otras mujeres, encontradas al azar, en aventuras fugaces o estables, constituyen los demás rangos del harén. La naturalidad biológica de este estado de cosas, irregular y pecaminoso desde el punto de vista moral y social en nuestra civilización, aunque tolerado descaradamente, se demuestra por el hecho de que sea aceptado como legal en los pueblos orientales en que existe el auténtico harén. Con menos lealtad y en forma dispersa, la mayoría de los hombres de Occidente viven en un régimen casi idéntico: una esposa para compartir el rango y los efectos solemnes y una serie de concubinas ocasionales para dar paz al instinto indiferenciado.

Frecuentemente se ha señalado, al visitar un harén, el parecido físico de buena parte de sus mujeres, por lo menos de las más próximas a la afección del señor. Este ejerce, pues, lo que pudiéramos llamar una "monogamia de grupo" o, quizá más exactamente, una "poligamia condicionada". También se ha comentado muchas veces el que las amantes de los hombres oficialmente monógamos recuerdan con frecuencia, físicamente, a la legítima mujer; y el parecido espiritual puede ser más acentuado todavía; e incluso compatible con una disparidad morfológica que da al adulterio la apariencia de que el esposo aventurero busca en la calle un contraste de su hogar. No; la poligamia de la mayoría de los hombres es menos profunda de lo que parece; y, en realidad, se reduce a un simple ejercicio de variaciones sobre el mismo tema.

Casi todas las historias de explicación de adulterio, por el hallazgo en la amante de cualidades que la cónyuge no posee, son, pues, inexactas o se fundan en esos detalles a los que los literatos de boulevard dan ridícula importancia: como el que la querida haga el chocolate mejor que la mujer propia, o le tenga, al levantarse, más a punto las zapatillas. Yo estoy, por el contrario, convencido de que el hombre (cuya líbido –hambre sexual– es mucho más voraz que la de la mujer) (5) busca, en muchas ocasiones, en la aventura extramatrimonial un pretexto para renovar el gusto por su misma y eterna apetencia; como el buen comedor, orgulloso de su cocina, que de tiempo en tiempo acude a este y al otro restaurante para afirmarse fuera de su casa con la convicción de que en ninguna parte lo pasa mejor que en su propia mesa. Puede, en suma, el hombre diferenciado, conocer a una serie de mujeres sin abdicar por completo de su exactitud monogámica. Es muy difícil que los hombres y, sobre todo, las mujeres se den cuenta de la exactitud de estos hechos, cuya interpretación habitual es muy otra, a través de largos siglos de inevitables –y en gran parte necesarios– perjuicios morales. Sin embargo, son

(5) Hasta el punto de que esta diferencia –la líbido viril intensa y la líbido femenina débil– constituye para nosotros un verdadero carácter sexual diferencial. Véase *La Evolución de la Sexualidad*, capítulo V.

más frecuentes de lo que se cree los casos de mujeres que presienten esta explicación de las ausencias conyugales, y por eso las disimulan o, si las protestan, lo hacen de un modo superficial, aun cuando más o menos tumultuoso. Las mujeres más celosas no son, sin duda, las de vida sexual más honda y normal. El gran tipo de mujer de *Señora Ama*, de Benavente, es un admirable ejemplo de lo que decimos.

Otra aclaración: la monogamia, aún en su forma estricta, no equivale, como antes nos hemos adelantado a explicar, a monogamia perdurable. Hay muchos ejemplos de hombres que han ejercitado una monogamia rigurosa, pero sucesiva, por muerte o separación de sus mujeres anteriores. También aquí se descubre con facilidad la frecuencia con que las esposas o amantes sucesivas están en lo físico o en lo espiritual, vaciadas en moldes parecidos.

Esquema del proceso diferenciativo

Estas consideraciones nos han desviado algo del hilo de nuestra demostración, pero eran precisas para aclarar nuestro concepto de la monogamia, como etapa final de la evolución del instinto, que ha sido algunas veces criticado como pueril por esos espíritus fuertes y esos grandes expertos en el amor que pueblan las mesas de los cafés españoles.

En esquema: el hombre, a lo largo de la evolución, reduce y afina a la vez el objetivo de su instinto como el astrónomo concentra y limita con el telescopio el campo infinito del cielo hasta fijarlo en una constelación o, por ventura, en una estrella sola. Las etapas de esta evolución son las siguientes:

1.ª La etapa del objetivo *inespecífico*, esto es, cuando el instinto busca turbiamente a otro individuo, cualquiera que sea su sexo, como ocurre en ciertos estados inferiores de la vida animal y en ciertas fases de la sexualidad del niño.

2.ª La etapa del *sexo in genere, cínica* o de la *poligamia absoluta,* en la que el objeto de la atracción es todo el sexo opuesto; etapa normal en la vida de casi todos los animales y en la de muchos hombres indiferenciados.
3.ª La etapa *del grupo o del tipo* o de la *poligamia condicionada,* en la que la atracción se ejerce por un cierto número de individuos del sexo contrario dotados de cualidades psíquicas o morfológicas comunes.
Y, finalmente, 4.ª *la etapa individual* o *genuinamente monogámica,* en la que la dirección de la fuerza instintiva se hace hacia un solo y un único ser del otro sexo. Estas dos últimas fases, y sobre todo la última, caracterizan al hombre esencialmente viril, al de mayor diferenciación sexual.
¿Será posible que el hombre del porvenir supere la etapa del *grupo* y alcance la etapa superior, la estrictamente individual, tan rara por ahora? Yo creo que sí, y que en un futuro –en un futuro muy remoto– la mayoría de los hombres tendrán su sola Beatriz intransferible. Hoy, todavía, esta diferenciación individual del instinto tiene que luchar con escollos invencibles. El rumbo que toma la vida sexual moderna, en el sentido de un menor rigor en el conocimiento mutuo, preconyugal, de hombres y mujeres, favorecerá seguramente la facilidad del hallazgo específico.
Mientras persistan las trabas de la vieja moral y de los prejuicios sociales; mientras la preparación para el matrimonio sea un largo noviazgo, comprometedor para la juventud, y a veces para la buena fama de la mujer, estas dificultades son casi insuperables; y es, por ello, obra del puro azar el hallazgo de la media naranja, aun para aquellos hombres que la buscan desde lo más profundo de su instinto. La mayoría se tiene que contentar con la mitad de otra naranja cualquiera.

Capítulo quinto

Progreso, diferenciación y familia

Resulta de lo dicho que el grado de avance de la evolución del instinto sexual que venimos explicando depende, en gran parte, del propio progreso humano. Pese a apariencias momentáneas, hijas del remolino que a veces hace la historia en su continuo avance, no cabe duda que el hombre es, morfológica y funcionalmente, cada vez más hombre y la mujer cada vez más mujer; y que esta diferenciación tiene como consecuencia la tendencia, paralelamente creciente, a las uniones monogámicas y estables. Las gentes timoratas –algunas muy respetables– que tiemblan ante una imaginaria desaparición de la familia, porque las costumbres del hogar cambian y los Gobiernos, como ahora en España, incluyen el divorcio entre sus leyes, olvidan que la columna vertebral del progreso humano está fundamentalmente vinculada a este otro progreso de la pareja sexual y, por lo tanto, de la vida familiar. Esta perderá, sin duda –o acabará de perder–, su solemne estructura patriarcal y se convertirá en algo más elástico y ligero. Pero el creer que va a anularse es tan pueril como suponer que una casa va a hundirse porque se tiren por la ventana los trastos viejos y se substituyan por otros, nuevos y simples; que, a la larga, acaban por encontrarse más cómodos (1).

(1) El miedo de la sociedad pacata a que desaparezca la familia y se hunda el mundo cada vez que éste da un estirón (una revolución) en su crecimiento, es tan antiguo como la creencia de la venida inmediata del Anticristo, del fin del universo, etc. Leyendo el estudio sobre Rousseau, en los *Essais critiques* de Amiel, recordábamos que una de las preocupaciones del gran revolucionario del siglo XVII era, precisamente, el peligro en que, según él, se encontraba la sociedad, porque, decía, "la familia está comprometida, no existe vida doméstica verdadera, la galantería es una práctica universal y casi un honor el adulterio". Ahora, casi dos siglos después, nuestros obispos católicos, se lamentan de lo mismo y con las mismas palabras que el pensador ginebrino. Ni entonces, ni ahora, ni nunca le pasará nada *fundamental* a la familia.

Dentro de cada individuo, este afinamiento del instinto se realiza, de un modo espontáneo, con la edad, como hemos explicado también. De aquí, insistimos, la tragedia de que esta hora de la justa elección suene casi siempre tarde, muchos años después que el ciego impulso indiferenciado haya decidido ya nuestro porvenir legal.

Patología de la especificación del instinto

Pero, evidentemente, en esto, como en todo, hay su patología, cronológica. Hay, como hemos visto, casos en los que la especificación se hace desde la niñez, contrariando la ley natural de que esta edad sea la del amor sin puntería. El caso contrario, el que sólo en la vejez aciertan a anclar en el puerto de un amor estable y adecuado. Y, desde luego, hay otra anormalidad cualitativa, esto es, formas exageradas de la especificación del objetivo sexual; tan exageradas, que pueden llegar a convertirle en un puro fantasma.

Esta es la situación de algunos hombres descarriados en la normalidad amorosa y por ello, casi sin excepción, infelices, aun cuando sean sexualmente de la categoría más elevada. Una mujer mítica, a fuerza de ser única, puede ser la elegida de su instinto; y como el hallarla es prácticamente imposible, o la forjan en su imaginación y se consumen en la adoración teórica de un fantasma, o corren sin cesar de mujer en mujer, sin atreverse a abordarlas y menos a intimar con ellas por el miedo insuperable al desengaño, que en este tipo de varones tiene una trascendencia radical, bien diferente de la que alcanza en el hombre de tipo medio, propicio siempre a la consolación. En consecuencia, estos hombres se conducen como tímidos por la misma calidad excelsa de su instinto varonil.

Este es, y no otro, el caso de Amiel.

Donjuanismo y timidez

Es preciso insistir, antes de pasar adelante, para explicarnos mejor otras ideas posteriores –y aun cuando luego dedicaremos a este tema un capítulo entero–, en la aparente semejanza que, sin duda, existe entre la conducta de estos tímidos por superioridad del instinto y la conducta de Don Juan. Son varios los comentaristas de Amiel que, desde luego, le han comparado con el gran conquistador de mujeres. Uno y otro viven obsesionados, en efecto, por la preocupación del amor y rodeados del revoloteo de una nube de doncellas, casadas y viudas. No obstante, la diferencia es radical. Para Don Juan, la mujer es un sexo que el burlador busca y encuentra en cada una de sus representantes. Para Amiel, como para los hombres de su tipo, el sexo es una sola y única mujer que busca también, pero que no logra hallar. La mujer es para Don Juan un simple medio para llegar al sexo, a lo femenino. Para Amiel, el sexo, lo femenino, es un medio para alcanzar la sola mujer que constituye el fin de su aspiración instintiva.

Son, pues, uno y otro, como los polos opuestos del instinto: y, contra el juicio ligero de las gentes, Don Juan, el cínico, representa la virilidad titubeante e indiferenciada; y el tímido Amiel, la virilidad más afinada y progresiva. Don Juan, bien dotado tal vez para el amor de los sentidos, no conoce el mar profundo y sin orillas de la pasión del alma. En Amiel, por el contrario, la infinita sensibilidad para la pasión inhibe las aptitudes físicas. Y así, uno y otro llegan, por caminos opuestos, a la misma incapacidad de amar.

El fetichismo del ideal

Volviendo al tema de la formación de estas formas superdiferenciadas del instinto, es evidente que, parte de su calidad nativa, se generan en gran parte en la infancia, por el mismo mecanismo, antes explicado, del condicionamiento de los reflejos –es decir, de las emociones– iniciales de la vida sexual. Cuando estos primeros reflejos se asocian a una imagen del sexo opuesto, muy individualizada y que deja una huella profunda en la conciencia del niño, ocurrirá que el normal desarrollo de esos reflejos y la satisfacción, maternal y psíquica, del instinto, no será posible, en la vida ulterior, más que bajo los auspicios de aquella primera imagen. Seguramente ese ideal de nuestra líbido, que, más o menos individualizado, llevamos todos dentro, se ha formado con impresiones infantiles. Aún antes de los estudios freudianos –admirables en este sector de la psicología– la experiencia histórica y literaria estaba llena de ejemplos característicos, que cualquiera, por otra parte, puede confirmar en lo recóndito de su propia prehistoria infantil. En otra ocasión (2) he recordado un caso muy demostrativo que me es grato reproducir aquí, hablando de Amiel: el de J. J. Rousseau, cuya pasión de niño por Mlle. de Lambecier *condicionó,* como él mismo explica con exacta expresión, toda su vida sexual futura, siendo el origen de su timidez.

Este condicionamiento de la actividad sexual ulterior por una enérgica impresión primitiva puede ser tan intenso que se convierta en un verdadero caso de fetichismo. De hecho, así como hay ejemplos, francamente patológicos, de hombres que tienen que asociar su amor a la imagen o al recuerdo de un zapato, de una trenza rubia o de un aroma determinado, así también, en otros individuos, esa condición imprescindible para amar no es un simple detalle, sino un individuo de circunstancias físicas y espirituales tan precisas que le convierten en un fantasma inasequible. Por eso hemos calificado a estos estados de timidez superior con el nombre, que creo exacto, de "fetichismo del ideal". Desde luego, las sensaciones que en la infancia condicionan de

(2) *La Evolución de la Sexualidad,* capítulo XIII.

este modo los reflejos sexuales del niño suelen estar ligados a los familiares del otro sexo; y en los hombres muy frecuentemente a la madre. Topamos, pues, con el psicoanálisis y el *complejo de Edipo*.

Cualquiera que sea la integridad de nuestro asentimiento a la teoría del *complejo de Edipo*, de Freud, es evidente que encierra una realidad fundamental para la vida del espíritu; y hoy nadie, por ningún prejuicio científico ni moral, puede negarlo, aun cuando lo acepte con más o menos atenuaciones. Dentro de la experiencia de todo observador de la vida está el hecho indudable de que, en cierto número de hombres, la imagen de la madre se fija, en las primeras edades, a su vida afectiva, creando en ella un ideal de mujer parecido o idéntico al materno, que condiciona poderosamente la existencia futura de su instinto. Este hombre, sin darse cuenta de ello y dentro de la actitud más noble de su alma, sólo podrá amar a mujeres parecidas a su madre; y sólo si las halla habrá encontrado su justa y permanente compañera. Si no las encuentra, correrá en vano, de una en otra experiencia, sin atreverse apenas a tantearlas, aun cuando la hembra acuda, una y otra vez, a su lado, atraida por su enérgica diferenciación viril.

Para mí, en suma, la fijación, tan frecuente, de las primeras emociones instintivas en la madre crea habitualmente el tipo de hombre de objetivo sexual idealizado; ideal que buscará sin cesar y sin atreverse a consumar nunca su hallazgo. Es decir, el tímido de la casta superior. La conversión del instinto hacia la homosexualidad, como pretende Freud, como consecuencia del *complejo de Edipo*, creo que es mucho menos común y que sólo se da en aquellos individuos dotados de una enérgica predisposición intersexual: no en los varones normales.

De todo esto, esencial para la tesis de este libro, nos ocuparemos nuevamente y con mayor extensión en capítulos sucesivos.

Otros mecanismos, además del explicado, pueden crear también la individualización excesiva, fantasmal, del objetivo del instinto: pero es seguro que, en la mayoría de los casos, esta situación y la forma de timidez consecutiva está muy cerca del *complejo de Edipo*.

Y es ya tiempo de encararse directamente con Amiel.

Capítulo sexto

Diagnósticos

Ya hemos dicho que el primer *Diario* de Amiel, publicado por Fanny Mercier, era no sólo una reducción brevísima de las copiosas páginas del original, sino que la noble afección y el puritanismo de la editora lo expurgó de toda alusión que pudiera empequeñecer la memoria del muerto, y por descontado de cuanto se refería a su vida sexual. Las ediciones posteriores, mucho más amplias, continúan, sin embargo, dando de Amiel la idea, inexacta, de un moralista austero, unido sólo a las zozobras de la carne por los hilillos de algunas preocupaciones intelectuales. Era difícil, a la vista de estos textos, llegar a la clave de la trágica inquietud de Amiel. Ya he recordado esta sensación de misterio que me produjo, como a otros lectores de esta época, en mis años de estudiante, el primer trato con el *Diario*. Por entonces empezaron a intervenir los médicos o los aficionados a la medicina. Se le diagnosticaba de "enfermo del ideal" como Scherer (1), o de "imaginativo puro" como Dupré, o bien de "paranoide" o "esquizoide" por varios respetables galenos.

El doctor Medioni (2) ha destruido sagazmente estos diagnósticos basados en el conocimiento insuficiente del *Diario* y ha llamado la atención sobre el origen sexual de su extraña psicología y conducta. Hoy ya no podemos dudar de que ésta es la verdad. Los fragmentos verdaderamente íntimos del *Diario* revelados por Bouvier (3) y por el escritor cubano J. de la Luz León (4), así como los que nosotros aportamos en este volumen, nos

(1) Pero fue el mismo Amiel el que llamó a su inquietud "la enfermedad del ideal", *Journal intime*, I, pág. 104.

(2) MEDIONI: *Op. cit.*

(3) BOUVIER: *Écrits intimes*, de H.F. Amiel, ya citados.

(4) J. DE LA LUZ LEÓN: *Amiel o la incapacidad de amar*. Prólogo de S. de Madariaga. Biblioteca Nueva, Madrid, 1927.

permiten interpretar lo más recóndito de la tragedia de Amiel con aquella seguridad con que analizamos trozo a trozo un cadáver interesante en la mesa de autopsias. Y esta disección nos enseña que todo el mal de Amiel fue su anormalidad sexual y que esta anormalidad se reduce a la timidez por supervaloración, que hemos descrito en los capítulos anteriores. Veamos los datos que la vida del escritor nos proporciona para justificar este diagnóstico.

La niñez enfermiza

En la infancia de Amiel –empecemos por el principio– hay tres hechos de gran importancia para juzgar su destino futuro; su constitución, el ambiente familiar y el medio social en que transcurrieron estos primeros años, decisivos para su porvenir.

Su constitución era débil y delicada por herencia materna (5), casi "afeminada en el aspecto y en las maneras" (6). Padeció, a los cuatro años, una grave enfermedad de la garganta (de 29 niños enfermos, sólo se curó él); probablemente la difteria, de la que escapó con vida gracias al tormento del fuego aplicado

(5) "Tuvo mucho de esta mujer –su madre– bella, dulce, un poco interior, débil de salud." (THIBAUDET: *Op. cit.*, pág. 18.)

(6) "Delicado, bello, serio, este pequeño Amiel parecía, en efecto, a sus camaradas, un tanto afeminado en su aspecto y manera." (THIBAUDET: *Op. cit.*, pág. 24.) Pero hemos de entender este "afeminamiento infantil" –ya insistiremos sobre ello más adelante– como signo de debilidad, de gracilidad enfermiza y no como tendencia intersexual. Este error se comete con muchos niños poco enérgicos. En su biografía por B. Vadier *(op. cit.*, pág. 14) se confirma esto claramente, al describirle en su infancia: "Había pocos escolares cuyo exterior fuera más agradable que el suyo. Tenía la tez delicada, el cabello rizado, grandes ojos oscuros acariciadores y dulces de ordinario, con frecuencia llenos de pensamientos, a veces brillantes de malicia. Delicado y gracioso, con su talla pequeña, con sus manos finas y pies chiquitos, vivo de movimientos, era notable su agilidad y destreza." "Con frecuencia –dice otra vez *(op. cit.*, pág. 16)– los paseantes de los domingos y jueves encontraban en las orillas del Ródano o del Arne a un niño que parecía uno de esos encantadores pequeños lords pintados por Lawrence."

con chorros de vapor, método curativo terrible que ponía al organismo del niño en el trance de optar entre la muerte por asfixia y una especie peor de muerte, por achicharramiento. No en vano sugirió un cuadro admirable a Goya, pintor de todo lo macabro; y no en vano el propio Amiel recordaba con terror esta terapéutica cuando, cincuenta años después, empezó a sentir otra vez que se ahogaba de la enfermedad que, al fin, le llevó al sepulcro.

Esta debilidad orgánica predispone al niño a las reacciones de timidez ante los trances ásperos de la vida; y uno de los más ásperos, cuando se piensa demasiado en él, es el de amar. Y es también corriente el que estos niños tímidos por imposición de su debilidad, compensen la limitación de su acción con una tendencia exagerada al ensueño heroico, que, en un tono moderado, es peculiar a todo infante. Lo que no puede hacer el niño enclenque con su ímpetu y con sus músculos lo hace con la imaginación. Por eso los grandes soñadores han tenido, por lo común, una infancia enfermiza. De aquel niño del poema de Tagore que sueña con derrotar, él solo, a un ejército de enemigos para defender a su madre, decían todos, al conocer su hazaña imaginaria. "¡Y nosotros que le creíamos tan débil!"

Así fue Amiel, y por ser tan poca cosa en sus primeros años, fue tan propenso a aislarse y a leer mucho, sobre todo los libros épicos e imaginativos, como los de Walter Scott, que le emocionaban profundamente, haciéndole llorar. Salvo esta inclinación, no tuvo nada de anormal. Tal vez fue de muchacho un poco raro; pero sin este punto de rareza –ya lo dijo Séneca– los hombres no darían ocasión para que la Historia se ocupase de ellos.

Observa Medioni (7), sagazmente, la escasez de datos que, acerca de su infancia, se recogen en las Memorias de Amiel, con dolor de los psicoanalistas, que encuentran en estas confesiones infantiles la clave de tantos problemas de la vida madura. Compa-

(7) MEDIONI: *Op. cit.*, pág. 50.

remos, a este respecto, el *Diario*, tan prolijo, de nuestro autor, con las *Confesiones*, de Rousseau, o, entre los documentos modernos, con las inapreciables *Memorias* de León Trotski, mucho más interesante como puro ejemplar humano que como revolucionario. Acaso hay en este aparente olvido una razón deliberada o un impulso subconsciente de alejar de sí aquellos años, tristes y llenos de responsabilidad, del despertar de los instintos (8). Sin este afán por impedir el aflujo a la conciencia de las sensaciones hundidas en el fondo del alma es difícil explicarse cómo el hombre que se escudriñó hasta despedazarse elude constantemente el tocar este manantial de las emociones infantiles, de donde brotó, y él lo sabía, gran parte de su ulterior desventura.

Al fin, como tantos otros hombres débiles en la niñez, se hizo fuerte; y sólo la enfermedad crónica, que acabó matándole, perturbó la salud de sus años maduros. El mismo encomia, comparándose a Rousseau, su agilidad y resistencia para la marcha en los innumerables viajes y ascensiones de la juventud y madurez (9).

Pero la experiencia de la edad primera, maestra implacable, había marcado ya en él el hábito de la reacción defensiva del débil ante la vida.

La madre y el padre

La segunda circunstancia infantil que hemos de comentar en Amiel es la influencia familiar. Su importancia es decisiva. Sabemos que su madre era bella, frágil y muy dulce, y él debió de

(8) Berta Vadier, después de relatar su vida infantil, concluye: "La leyenda de una infancia desgraciada cae, pues, por su base." (*Op. cit.*, página 13.) Pero, evidentemente, no se trata de una leyenda, y el libro de ella lo deja entrever entre los resquicios de su propósito apologético. Sin duda, Amiel vivió en un hogar amable –salvo las violencias del padre, de las que, según la señorita Vadier confiesa, le defendía un exceso de cariño de su madre–; pero las alusiones que hace en el *Diario* a las circunstancias espirituales que le rodearon en la niñez son completamente sig-

amarla mucho. Apenas habla de ella en el *Diario;* pero cuando la recuerda, al pasar, lo hace con profunda ternura. En cambio, al padre le nombra siempre con significativa hostilidad. "He sido deshecho –dice el año 1875– por las primeras desilusiones que un padre imprudente sembraba, a placer, en mi alma infantil" (10). Y en otra ocasión, también siendo ya viejo: "Si mi padre hubiera vivido, me hubiera hecho sufrir mucho". "En cambio –añadía–, Dios me debió dejar a mi madre; mi vida hubiera sido entonces completamente distinta" (11). Es preciso anotar la trascendencia de estas frases, que explican claramente la posición de Amiel, esencia para su conducta posterior, ante los dos progenitores.

El padre era, en efecto, seco, imperativo, hosco, aunque recto; con esa bondad aséptica de los puritanos, que conocemos tan bien en la tierra de *Doña Perfecta:* muralla admirable para ser

nificativas en el sentido de su infelicidad, a pesar de lo que diga su noble apologista. Más adelante, en este mismo capítulo, volveremos sobre esto.

(9) "Durante las vacaciones de 1840 –dice Berta Vadier *(Op. cit.,* página 41)– había recorrido toda Suiza. Ciento setenta y dos leguas, de las que hizo 76 en coche, 22 en barco y el resto a pie, con el morral a la espalda."

(10) Fragmento del *Diario* inédito, transcrito por Bopp *(op. cit.,* página 285). Y esto está escrito a los cincuenta y cuatro años. El rencor hacia su padre tuvo, pues, raíces bien hondas en su alma.

(11) BERTA VADIER: *Op. cit.,* pág. 12. Sin embargo, Amiel reconocía en sí mismo algunos rasgos de su padre. Entre ellos, la manía del *Diario* que éste tuvo también, si bien de distinta categoría que el que luego había de escribir su hijo. "Cosa singular –dice Berta Vadier–: este hombre tan enérgico (el padre de Amiel) llevaba su amor al detalle hasta la minucia. Inscribía todo lo relativo a su hogar, hasta el coste del encaje de un gorro de su niño el día del bautizo y la propina a la nodriza. Escribía su diario, diario de hechos, no de pensamientos; anotaba de las cosas lo material, como su hijo había luego de anotar el alma. En el fondo era la misma facultad, aplicada en el hijo, por la diferencia de cultura, a más altas modalidades." *(Op. cit.,* pág. 9.) Esta obsesión de la minucia se encuentra también en Amiel hijo: véanse sus notas para la distribución del tiempo de su lección (v. pág. 24) o los cálculos para juzgar si un matrimonio era o no conveniente (v. pág. 107). Insisto en esto, porque recuerda al *Diario* de Leonardo de Vinvi, que, como es sabido, entre sus pensamientos artísticos, científicos, o filosóficos más profundos, escribía también, a lo mejor, las facturas de un vestido o de un funeral, partida por partida, sin olvidar un solo céntimo.

contemplada por los extraños, pero inexpugnable para la ternura de los suyos. Los dos esposos se amaban, pero con frecuencia no se entendían. La contienda conyugal tuvo muchas veces por causa, motivos religiosos, lo cual debió de hacerla particularmente agria; porque cuando Dios se interpone entre un hombre y una mujer, el mismo amor, que todo lo allana, se convierte en una miseria lastimosa y, a veces, en úlcera enconada.

Todo esto apoya la hipótesis, antes expuesta, de que un estado semejante al complejo de Edipo anegase la conciencia de Amiel niño. Ya hemos explicado la frecuencia con que los hombres que supervalorizan el ideal de la mujer, impidiéndoles la elección de una pareja estable, se reclutan entre estos apasionados de la madre; y casi siempre, añadimos ahora, a favor de una hostilidad hacia el padre, que, como acabamos de ver, era indudablemente en esta ocasión. Es evidente que la madre le prefería y le rodeaba de extremos de cariño excepcionales, con los que le quería compensar de las asperezas paternas. En todo esto, recogido por Berta Vadier, de los labios de Amiel, en las largas horas de compañía durante su última enfermedad, está el núcleo, sin duda alguna, de las futuras inquietudes del escritor (12).

La madre, como un ideal religioso, como algo sobrehumano, que, a fuerza de estar dentro del alma, apenas se necesita nombrar para ser reverenciado, surge de vez en cuando en su *Diario*, sobre todo a medida que la muerte se acerca. Fracasados todos sus intentos de encontrar el ideal femenino, tranquilos ya los sentidos, vuelve otra vez, en la ancianidad, al puro recuerdo maternal, punto de partida y de término, sin darse cuenta, de todas sus investigaciones amorosas. En una hoja del *Diario*, Amiel (13) habla con enojo de las mujeres, que se acercan a él para hacerle su confesor, para someterse, añade con gracia, a una "pequeña cirugía del alma", y termina: "En fin, creo haber sido

(12) "Era (Amiel) dichoso junto a su buena y encantadora madre, *que tenía una verdadera debilidad por este hijo mayor, al que envolvía en una acariciadora ternura para indemnizarle de las brusquedades de su padre.*" (*Op. cit.*, pág. 11.)

(13) *Philine*, pág. 270 (1 marzo 1870).

desinteresado, generoso y aun caballeresco con el *sexo al que debo a mi madre.*" Subrayado por él. Es decir: a los cincuenta años, todo el sexo le era respetable, porque fue el sexo de la que le dio el ser. En la profunda ternura de esta frase asoma el sentimiento de identificar en la madre todo lo que representa nobleza y excelsitud en el sexo femenino entero. A las demás mujeres las quiere, incluso las aguanta, y, en todo caso, las perdona por ser del sexo de *ella* y nada más. Un año después describe una mañana de paz, una de las pocas que, ya muy enfermo, le fue dable gozar, y su soledad venturosa estaba presidida –nos dice– "por la sonrisa de su madre" (14), haciéndonos pensar en Leonardo de Vinci, hermano de Amiel en el instinto, cuya madre, representaba en la sonrisa de Gioconda, fue también el ideal femenino inaccesible que le impidió amar.

Leonardo y Amiel

Merece una breve divagación el paralelo entre estos dos hombres. Aparte de las distintas categorías humanas de uno y otro, hay interesantes puntos de contacto entre Leonardo de Vinci y Enrique Federico Amiel. Este, en su viaje a Italia, concibió por el gran pintor y hombre de ciencia florentino una admiración sin par. "Ningún otro artista –dice Berta Vadier– era más grande que Leonardo a sus ojos, porque era el más universal" (15). Pero era otra afinidad más profunda que la admiración que los unía.

Para mí es seguro que Vinci no fue, como ligeramente se dice, un homosexual (16), sino un tímido por superdiferenciación de su

(14) *Journal intime*, II, pág. 260.

(15) *Op. cit.*, pág. 121.

(16) Aparte de las interpretaciones psicoanalíticas, es sorprendente la facilidad con que los críticos más serios hablan de la homosexualidad de Leonardo, fundándose en verdaderas tonterías. Véase, por ejemplo, el estudio de Gilles de la Tourette (*Leonardo de Vinci*, París, Michel, 1932), entre otros varios. Una forma muy

instinto, como Amiel. Y también por el mecanismo de la poderosa influencia materna, como acertadamente –acertadamente en este punto, no en los demás de su estudio– afirma Freud en la obra antes citada. Freud dice que Leonardo fue "un ejemplar de frigidez ante toda sexualidad, lo cual es sorprendente en un artista y pintor de la belleza femenina" (17). No es exacto el juicio, porque su "frigidez", aparente, como la de Amiel, era la traducción de una timidez creada por el ideal inaccesible. Buscaba a las mujeres y no encontraba a la suya. Su modo de expresión era la pintura, y por eso amaba tanto el pintar a las mujeres bellas. Pintarlas era, para su alma superdiferenciada, poseerlas. Pensaba seguramente en él mismo cuando escribía: "El pintor proporciona al amante la efigie del ser amado, tan exacta que a veces se la habla y se la besa" (18). A un gran pintor español le oí decir que cuando deseaba mucho a una mujer la retrataba, y su posesión era, entonces, increíblemente completa, casi religiosa. Lo certero de Freud es suponer que Vinci encontró en la Gioconda el ideal de su madre, y acertó a resucitar en ella la lejana sonrisa maternal, que ya vagaba por muchos de sus cuadros y dibujos anteriores, y que, a partir del hallazgo, iluminó todos sus rostros femeninos, sobre todo el de Santa Ana, "la madre" por excelencia, a la que sin darse cuenta, como un homenaje inconsciente, pintó tan joven y más bella que María, su hija (19).

corriente de expresión del rencor reprimido de la Humanidad contra los hombres singulares, es esta acusación de homosexualidad, en cuanto su instinto no se resigna a arrastrarse por los burdeles. Considérese que son excepcionales los genios –o, simplemente, los triunfadores, incluso los triunfadores locales, de aldea– que han escapado a esta estúpida calumnia.

(17) FREUD: *Op. cit.*, cap. I.

(18) LEONARDO DE VINCI: *Trattato della Pittura*, cap. III.

(19) Entre los pensamientos de Leonardo se recogen muchos destellos que confirman, directamente o por revueltas psicológicas, esto mismo. Un tema suyo es, por ejemplo, que "si el alma encuentra a alguien que se parece al cuerpo de que ella forma parte, esta alma ama a ese otro ser, se prende de él y he aquí por qué hay muchos hombres que se enamoran y se casan con mujeres que se les parecen". Y en otra ocasión: El artista, "al hacer con sus manos un cuerpo humano, rehace a

Antes hemos anotado las analogías de los diarios de Vinci y de Amiel, llenos de detalles nimios, comerciales, entremezclados con los más altos pensamientos. Más adelante comentaremos el profundo amor que ambos tenían por los niños, característico también de este tipo de varones. La conocida piedad de Leonardo hacia los animales aparece también en Amiel. Leonardo jamás hacía daño ni a los insectos y le gustaba comprar las aves en los mercados para gozar después devolviéndoles la libertad. De Amiel dice su biografía: "Los pájaros, los peces, los insectos, eran sagrados para él, sólo porque vivían y podrían sufrir" (20). "Se prometió a sí mismo no cazar nunca –desde una vez que vio la agonía de un pájaro herido de una perdigonada– y cumplió su palabra" (21). No acierta, pues, el comentador suyo, que interpreta como un rasgo propio de la afectividad ñoña de los solterones los cuidados que, ya de viejo, tenía nuestro poeta por los animalillos de su hogar.

Luego veremos que al gran pintor y al autor del *Journal intime* los unía, asimismo, el típico recelo físico ante las efusiones corporales del amor, que se encuentra sin excepción en esta categoría de hombres.

Se parecían los dos como un diamante se parece a un cristal. Su brillo es de calidad distinta, pero los identifica la misma sed del ideal inaccesible, fundido, como en un viejo crisol, en el

veces el cuerpo suyo, el que su alma ha creado y de que forma parte. Por esto mismo nos enamoramos a veces de seres que se nos parecen". En efecto, muchos hombres, influidos por el ideal de la madre, lo encuentran en mujeres que, por parecerse a ella, se parecen a sí mismos. Es un matiz del mismo complejo. Péladan (*) escribe: "Bajo la apariencia de Mona Lisa se esconde el retrato espiritual del propio Leonardo." "La mirada de Mona Lisa es la misma mirada de Vinci." Idéntica idea, pues. Al hallar el ideal materno se encontraría, en cierto modo, a sí mismo. Y, finalmente, igual expresión, bajo otra forma, en el mismo Roger-Milés: "Cuando Leonardo vio a Mona Lisa tuvo la revelación de que la cara, la forma, la belleza, todo lo que constituía el ser físico de esta mujer, estaba en visión latente dentro de él mismo." (*Op. cit.*, pág. 82.)

(*) Citado por ROGER-MILÉS, *Leonard de Vinci et les Jocondes*, París, 1923, pág. 80.

(20) BERTHE VADIER: *Op. cit.*, pág. 16.

(21) *Op. cit.*, pág. 17.

recuerdo materno. Si Amiel hubiera sabido pintar, sus retratos de mujeres hubieran estado animados de esa sonrisa lejana de su madre que presidió sus últimas horas de paz absoluta, una mañana de enero, cuando su vida daba ya cara a la vejez.

Pero, ¡por Dios!, no se vea en este sentimiento ninguna de esas trascendencias eróticas con las que la imaginación de los mejores lectores ha aprendido a subrayar los estados de alma más inocentes y elevados, en esta era freudiana de nuestra cultura. El encontrar una raíz vegetativa a una afección purísima no mancha la pureza de ésta, como no nos importa con qué materias se abonó el rosal de donde ha brotado una flor maravillosa. No hay por qué pensar tanto en Edipo; y sí oír con todo respeto esto que nos han dicho algunos varones normales: "No me caso porque no encuentro a ninguna mujer como mi madre." Y esto que me dijo otro hombre, en absoluto cabal, soltero todavía al terminar su madurez, después de innumerables y siempre fracasadas experiencias amorosas: "Después de todo, quien ha conservado como yo el recuerdo de su madre no necesita más para ser feliz."

Aversión al amor físico

Es también muy probable que Amiel oyese o viese en el hogar algo que debió de llenarle de disgusto físico hacia el amor sexual directo, porque esta circunstancia es frecuente en la génesis de la afectividad amorosa de los varones de su tipo. Los hombres y las mujeres, aun los más delicados, no se dan siempre cuenta suficiente de la sensibilidad, casi divina, del alma de los niños; y pocas cosas le hieren como la visión de lo que el amor tiene de brutal y, sobre todo, de agresión para la mujer. Los niños no pueden comprender que el amor sea una refriega física; ni muchas mujeres tampoco, por lo menos hasta muy entrada su vida. Y aun muchos hombres hondamente viriles conservan en el fondo de su instinto un dejo de disgusto para la agresión sexual; disgusto que no turba su ejercicio ambicioso cuando el deseo está encendido, pero que sube como el poso de un charco agitado cada vez que la tempestad de los sentidos se ha satisfecho. Es ésta una de las causas de esa tristeza que el animal humano, según el proverbio latino, siente después de amar; y hay que ver en ella uno de los topes que la Naturaleza pone a los derroches inútiles del instinto.

Lo cierto es que en la niñez debe evitarse a todo trance el conocimiento inoportuno y escueto –y tanto más el espectáculo– del amor carnal para no apagar prematuramente la llama de jovialidad pagana, de dulce irreflexión, que requiere el pleno amor de los sentidos. Con gran perspicacia han valorado los psicoanalistas estas visiones turbadoras ocurridas durante la infancia en la génesis de muchas psicosis de la madurez. De mí sé decir que cuando entro en esas habitaciones míseras de los pobres, en las que un mismo lecho acoge el sueño puro de los hijos y las noches de amor de los padres, siento la irritación de la injusticia refinada que supone esta convivencia, más todavía que ante la desigualdad con que están repartidos el pan y el lujo material.

Amiel expresa una y otra vez el miedo a la convivencia conyugal. Amaba, sin embargo, sin límite, a las mujeres, y luego veremos que su capacidad de amar era perfecta. No puede, pues, interpretarse como aversión al sexo, como alguien ha pensado; tan torpemente como se ha traducido también, en sentido idéntico, esta misma actitud en Leonardo de Vinci (22). Era un

(22) Solmi (*Leonardo da Vinci*, 5.ª ed., Barbera-Firenze, 1923, página 21) cita estas palabras de Leonardo, que comenta también Merejkowsky en su famoso libro *La Novela de Leonardo da Vinci:* "El acto carnal y los órganos que sirven para realizarlo son tan groseros, que, si no fuera por la belleza de los rostros, por los adornos de los actores y por el ímpetu refrenado que los embarga, la especie humana se perdería." En mi libro *La Evolución de la Sexualidad* (cap. XIII) recuerdo palabras análogas de Rousseau. Es también muy conocida la máxima del gran artista florentino: "El que no refrena la voluptuosidad se rebaja al rango de las bestias."

sentimiento de elevación hacia el amor total, idealizado, que planeaba muy por alto de los atractivos materiales, que sirven de cebo al instinto de nosotros, los hombres del montón. Y, tal vez, repito, contribuyó a su formación una penosa experiencia de los años infantiles. Lo cierto es que le aterraba y casi le asqueaba la idea del contacto físico con su posible desilusión, arrojada como un cubo de agua fría sobre el fervor sentimental. Idea de raíz infantil; y por ello, sin duda, cuando a los cuarenta años hace su primera y única experiencia de amor físico, expresa su desilusión con palabras tan seguras, que no suenan a sorpresa, sino a confirmación de algo presentido largo tiempo atrás. Tal vez influyera también en esta actitud el sentimiento de hostilidad hacia "el padre" propio de su complejo de Edipo, que acusa netamente en uno de los pasajes más interesantes del manuscrito inédito: "La maternidad es buena, pero no el marido; lo mejor sería que pudiera concebirse sin el concurso del varón" (23).

En el cuadro de Leonardo, *Leda,* está, a mi juicio, representada con claridad insuperable esta actitud del varón superdiferenciado, rendido ante la mujer ideal y apartado de ella por la repulsión a la anatomía del amor, tan vivamente expresada en la nota antes transcrita. El repugnante cisne yergue su cuello y su cabeza priápicos junto a *Leda*, maravillosa, animada de la sonrisa famosa, casi divina, a la vez virginal y maternal. Es el símbolo de la actitud sexual de esta categoría de hombres. Y, por descontado, este cuadro es, a mi juicio, un documento irrefutable en contra de la pretendida homosexualidad de su autor.

Por eso no fue justo Amiel (se lo impedía su anticatolicismo), por eso fue incongruente (como todos los que escriben demasiado), cuando, ya en la vejez, arremetía con furia calvinista contra el dogma de la virginidad de María (24) en otro de los

(23) Transcrito por J. DE LA LUZ LEÓN: *Op. cit.*, pág. 208.

capítulos hasta hace poco inéditos del *Journal intime*; que, por cierto, no debe de haber leído el obispo español que hace poco declaraba, en una revista, ser el *Diario* de Amiel su libro predilecto. El dogma de la virginidad de María, la divinización de la maternidad hasta limpiarla de toda colaboración varonil, es, sin duda, una de las sugestiones que más noblemente pueden influir en la mente de los niños y uno de los símbolos más elevados del prestigio de la femineidad. Hasta que la vida nos muestre la verdad escueta, me parece infinitamente delicado y útil el que los ojos del niño vean, no deformada, pero sí desposeída de sus componentes paganos, la grandeza del acto creador; porque, sin duda, esos componentes, vistos en frío, tienen la apariencia de una violación. Por esto, instintivamente, el infante, en su investigación de la causa de la maternidad ("¿de dónde vienen los niños?"), rehúsa invariablemente la explicación auténtica, a pesar de que es la más fácil de adivinar, y se complace en creer las mentiras más disparatadas y agradables. Un amigo mío me refirió la profunda impresión –tan profunda que casi le hizo desvanecerse– que hubo de sufrir cuando, ya estudiante de bachillerato, un condiscípulo le reveló el mecanismo de la generación. Su primer sentimiento, que aún persistía netamente en su conciencia largos años después, fue de vergüenza infinita hacia el ultraje sufrido por su madre y de ira contra el padre, indelicado, que la atropelló.

"Nunca la mentira", hemos dicho muchas veces, al hablar de la educación sexual. Está bien; pero dejemos que estas verdades, erizadas de púas, cuyo fruto escondido sólo se puede gustar en la madurez, lleguen lo más tarde que se pueda y lo más delicadamente posible, y no de un modo prematuro y a

(24) Véase el *Journal* inédito, transcrito por J. DE LA LUZ LEÓN: *Op. cit.*, pág. 203. Esta página fue omitida, como probablemente muchas, del *Diario* por su rencor anticatólico. Empieza así: "La Madre de Dios, dicen los católicos, y, por consiguiente, la abuela, los tíos y los primos de Dios..." Ya hemos dicho que esta actitud de Amiel, poco simpática por su tinte sectario, data de su viaje a Roma. Pero, evidentemente, tenía larga tradición sentimental hundida en su espíritu.

caballo sobre una impresión brutal de los sentidos.

Por ello también, los pueblos primitivos –niños de la humanidad– recurren, incluso en nuestros tiempos, a otras hipótesis que la real –la copulación– para explicar la gravidez de las mujeres, y creen en el poder genético del beso o en el de los espíritus marinos, que fecundan, con la onda, durante el baño, como en los salvajes de la Melanesia (25).

El ambiente puritano

Finalmente, contribuyó a la formación irregular del instinto de Amiel el ambiente de su ciudad y de su época, empapado de un puritanismo irreductible, peor, digo yo, que el mismo libertinaje. Todos los comentaristas de nuestro autor que conocieron el medio en que vivía lo señalan, unánimemente, como una de las influencias nefastas que concurrieron a deformar su espíritu. Thibaudet (26) recuerda que madame Patterson-Bonaparte decía, hablando de Ginebra, en estos mismos años en

(25) Véase MALINOWSKI: *Op. cit.* Otto Rank, en su *Don Juan* (edición franc. Denoël, París, s.a.), dice: "Puesto que la idea de una supervivencia personal era inconciliable con la idea de una procreación sexual, el hombre ha intentado mantener, tanto como le ha sido posible, la creencia de que el nacimiento del niño era independiente del acto sexual. La fecundación de la mujer se hacía, en la opinión de los pueblos, por un espíritu y no por el hombre. Esta opinión popular se encuentra en la mitología de todos los pueblos y aun en las religiones de los pueblos de cultura avanzada." Yo creo que influye mucho en esta tendencia a hurtar la verdadera explicación de la procreación, el disgusto, innato en las mentes juveniles, hacia el combate sexual, como hemos dicho en el texto. Sin perjuicio de que intervengan también las otras razones que comenta Rank. Y, sobre todo, una reacción de defensa frente al complejo de Edipo, es decir, la eliminación del padre de la responsabilidad creadora para dulcificar el odio del hijo. Véase precisamente, a propósito el mito de los espíritus marinos en los salvajes melanésicos, en relación con el complejo de Edipo. MALINOWKI: *La sexualité et sa repression dans les sociétés primitives,* edic. franc. Payot. París. 1932. Así como JONES: "Mother Right and the Sexual Ignorance of Savages". *Inter. Journ. of Psychoanal., 1925-109.*

(26) THIBAUDET. *Op. cit.*, pág. 28.

que crecía Amiel: "En este país no sólo no es posible hacer el amor, sino que es necesario excluirlo hasta de la conversación": la misma virtud rígida e hipócrita que había conturbado para siempre, casi un siglo antes y en aquellos mismos lugares, la vida de Rousseau, tan parecida en varios de sus aspectos a la de Amiel.

Acabamos de hablar de los peligros de la revelación prematura. Pero todo lo que tiene de funesta –sobre todo la que se hace *de visu* en el hogar– tiene de funesta también la prolongación forzada y mentirosa del misterio; es decir, cuando ya el despertar fisiológico exige, con la lealtad de los instintos, la verdad limpia y clara y, por lo tanto, casta. Amiel se queja, ya en su madurez, del mal irremediable que le causaron la cautela hipócrita y los prejuicios deprimentes con que fue iniciado en la vida del instinto. A los cuarenta años echa de ver la "falsa idea de la sexualidad" que le fue imbuida en su infancia (27), y añade: "Este error me envenenó para siempre la vida." A los cuarenta y siete escribe esta página, que es necesario copiar para el conocimiento de sus desventuras (28): "Una parte esencial de la educación es iniciar al joven en los derechos y en los deberes sexuales. Yo, que poseía en alto grado todos los instintos delicados, todas las aspiraciones más nobles, todas las inclinaciones a la virtud, he frustrado mi vida por no haber tenido ni dirección, ni consejo, ni sostén, ni iniciación en las cosas que conciernen al pudor. Todos mis escrúpulos se han exagerado enfermizamente y he acabado quemándome como un monje, en lugar de vivir como un hombre. A los treinta y nueve años era todavía virgen, y ahora mismo estoy acosado por Lilith, como un seminarista. ¿No es esto absurdo? ¡Y no habrá un médico que se compadezca de mí! ¿Para quién y por qué he hecho este largo sacrificio? Pues tan sólo por una idea, por un prejuicio, por un respeto de anacoreta. ¿Y quién me castiga ahora por

(27) *Journal intime*, I, pág. 143.
(28) *Journal intime*, I, pág. 255.

el delito de mi persistente y ridícula castidad? Pues precisamente lo que ha sido objeto de mi respeto: las mujeres, las vírgenes. El celibato es despreciado por los dioses y maldito por las mujeres." "En una palabra: sólo con amarga ironía puedo pensar en esta locura a la que he sacrificado mi salud, mis fuerzas, mi existencia; esta locura de la continencia tomada por virtud. Experimento, como las solteronas después de los cuarenta años, un furor sordo contra las quimeras vanas, a las que se han ofrecido, en holocausto, los profundos instintos de la Naturaleza; se dan cuenta, entonces, de que han divinizado una pura ficción y de que han tomado la voz de un prejuicio por la conciencia. Morir por un error, por un pretendido deber, es siempre noble. Morir desilusionado es la mayor de las aflicciones."

Al comenzar este día había escrito esta otra frase: "¿Se sabe jamás el fondo de la historia de los hombres...?" Palabras terribles, porque, sin duda, pensaba, al escribirlas, en sí mismo y en la historia que de él creían los demás; en la que seguirán creyendo los lectores de su primitivo *Diario,* el amputado.

Cinco años después, una noche de implacable lucha contra un instinto sublevado, desgarra, sobre el papel, la página antes comentada contra el dogma de María, que termina con una alabanza de la carne y una imprecación exaltada contra los prejuicios sexuales. "Una idea incorrecta del sexo –dice exasperado– vicia al Estado y a la Iglesia, a la tierra y al cielo, a la moral y a la religión." "La herejía que tendríamos todos que combatir es la de los que predican el desprecio del cuerpo."

Quejas, en verdad, tardías e inútiles. Porque el hombre, cuando sale de la pubertad, tiene ya escrito en el horóscopo de su vida instintiva el cambio inexorable que ha de seguir en el amor. En esta pubertad –"la edad crítica" del varón– se modelan para siempre los destinos sexuales futuros. De aquí, decíamos, la delicadeza infinita con que el niño debe ser tratado en los años que rodean a su florecer. A Amiel, como a la mayoría de los hombres, le sirvió de escultor la mano dura y ciega del azar.

Y le vemos arrastrar las miserias de la timidez engendrada en este medio familiar áspero y en esta educación detestable hasta los meses mismos que precedieron a su agonía.

Capítulo séptimo

Femineidad y afeminamiento

Pero este diagnóstico de la categoría superior de la timidez de Amiel necesita de nuevas justificaciones. La mayoría de los comentadores de nuestro autor suponen, en efecto, que era un tímido del primer tipo que hemos descrito, esto es, un tímido por conciencia justificada de su inferioridad sexual. Y, realmente, varias frases de su *Diario* parecen confesiones taxativas de dicho estado. En 5 de diciembre de 1860, a los treinta y nueve años, escribe: "Soy un huevo sin germen, una nuez vacía (como luego le había de llamar René de Weck), un cráneo sin encéfalo, un ser infecundo, la apariencia de un macho, pero en realidad, un neutro" (1). "No soy de mi sexo", exclama en mayo de 1877 (2) –a los cincuenta y seis años–; y los ejemplos podrían multiplicarse. Poco después de su única aventura sexual anota: "Sigo con la curiosidad de los sentidos no satisfechos y sin despertar mi torpeza viril" (3). Y dos años más tarde, en octubre de 1862, volviendo una noche de la Opera, ensalza "el culto del placer, la religión de Venus y de Baco, el paganismo simple y alegre"; pero añade: "mi castigo es la debilidad y la impotencia" (4). Otra observación, en mayo de 1870: "Sherer tiene razón: yo debiera *brutalizar* un tanto mi delicadeza, mi carácter, mi estilo; es decir, masculinizarme, virilizarme" (5). Igual pensamiento, en 17 de junio de 1859: "Mi alma no es viril: es un alma-mujer frente al destino, frente a la sociedad" (6).

(1) *Journal intime*, I, pág. 140.
(2) *Journal intime*, II, pág. 180.
(3) *Philine*, pág. 60.
(4) *Journal intime*, I, pág. 164.
(5) *Philine*, pág. 283.
(6) *Philine*, pág. 24.

Sin embargo, en casi todas estas citas, que han repetido los diagnosticadores de su dolencia, es evidente que Amiel se refería a su incapacidad para la acción, a su falta de ímpetu social, a la flojedad de su estilo artístico más que a claudicaciones de su actividad instintiva. Confusión, en suma, de femineidad con debilidad, como en las descripciones de Amiel niño que hemos copiado anteriormente. Femineidad, baja tensión vital; pero no afeminamiento.

La realidad era, en efecto, otra. Amiel fue un tímido, pero un tímido superior, por supervirilidad. Y su *Diario* nos proporciona datos inapreciables para la caracterización de este tipo, que tanto me interesa dejar bien dibujado sobre el fondo tan real, tan humano, de Amiel; porque hay pocos documentos más útiles que el de su vida para llegar al conocimiento perfecto del instinto viril y, por lo tanto, de la personalidad masculina.

Caracteres de las dos categorías de tímidos

Hay grupos de datos que nos permiten hacer la distinción entre estas dos categorías de tímidos, que el juicio ligero de las gentes –incluso de las gentes médicas– suelen confundir. Unos se refieren a la morfología. El tímido auténtico ofrece, por lo común, los estigmas físicos de una varonía retrasada o deficiente; en tanto que el tímido superior o superviril está, físicamente, dotado de enérgicos atributos de su sexo.

Otro grupo de datos se refiere a la conducta del tímido frente a la mujer. El tímido inferior huye del trato de ésta porque la mujer representa para él el espejo donde se refleja, implacablemente, su propia inferioridad. El tímido superior busca, por el contrario, de continuo, la sociedad femenina: como que toda su actividad vital converge hacia la investigación nunca terminada de un prototipo ideal del sexo contrario.

Por fin, hemos de considerar la actitud de la mujer misma

frente a los tímidos de una y de otra categoría. Esta reacción de la mujer es tan distinta, que bastaría ella sola a darnos hecha la distinción, con la nitidez con que diferenciamos dos cuerpos químicos por su distinto comportamiento ante un determinado reactivo. El instinto femenino percibe y valora con finísima intuición la calidad del componente sexual del hombre, independientemente de su capacidad física para el amor. Los hombres no acabamos nunca de enterarnos de ello. Pero la prueba irrefutable de que es así nos la dan las mujeres mismas, que ante el mismo físico, es decir, ante la timidez del hombre –mal negocio siempre para ellas–, responden con la lástima o con el desprecio en el caso del tímido inferior y con la pasión más honda y duradera de que puedan ser capaces en el caso del tímido por su supervaloración del ideal femenino. Esta categoría del ideal es lo que justiprecia y premia en el hombre el instinto de la mujer –por lo menos en una variedad importante de mujeres– y no los grados de su energía física.

Examinemos rápidamente estos tres grupos de caracteres en el caso de Amiel.

Los retratos de Amiel

Por lo que respecta a su morfología, Amiel poseyó los rasgos de una virilidad perfecta y reciamente acentuada una vez que superó la fase infantil, de debilidad y falso y fugaz afeminamiento, que antes hemos comentado. Sabemos, aun cuando sea por la referencia apasionada de una de las mujeres que más le quisieron, que ya a los veinte años era un guapo mozo, "con el encanto y la gracia heredados de su madre, y una mirada profunda –magnética, decían muchos– que hacía palpitar a más de un corazón" (7). Despojemos de su literatura, no

(7) BERTHE VADIER: *Op. cit.*, pág. 52.

muy elegante, a este comentario hecho por una admiradora enternecida, y examinemos los retratos que poseemos de este autor. El más juvenil es el de Hornung, pintado cuando Enrique Federico tenía treinta y un años. Tal vez muy estilizado por el pintor, es una testa admirable por la expresión inteligente y pensativa, llena de corrección y de romántica virilidad. El publicado por Bouvier en su edición del *Journal intime,* copia también de una pintura, la representa a los cuarenta y un años y nos muestra una cabeza de tan recia especificidad viril, que no dejaría lugar a duda a cualquier experto en tipología. Es casi idéntico a otro fotográfico, lleno asimismo de masculina nobleza. En los tres, la frente y la osamenta de la cara, la distribución de la barba, de las cejas y del cabello y la expresión concentrada del conjunto fisonómico son arquetípicamente masculinas. Recuerdan con vehemencia estos retratos a los de nuestro Ganivet, de psicología muy parecida a la de Amiel, aunque más fina, ágil y genial. La vida afectiva del gran escritor granadino encerró también misterios dolorosos: el parecido de los cuerpos es, aquí como siempre, seguro indicio del parecido de las almas. No es la primera vez que pienso que Ganivet no se hubiera suicidado si hubiera sabido, como Amiel, ventilar la atmósfera cargada de su alma de misántropo con el desahogo de un *Diario;* y también se ve claro que Amiel sin su *Diario,* que, como todo diario, es un lento suicidio, podría muy bien haberse arrojado al lago Leman antes de alcanzar aquella edad de desolación y terrible misantropía, tan patéticamente registrada en los últimos cuadernos de sus notas cotidianas.

El famoso retrato al pastel que le hizo Berta Vadier en 1878, le representa a los cincuenta y siete años, un tanto evaporado y desvaído con respecto a los documentos anteriores, indudablemente más fidedignos, porque en ellos no intervino el prejuicio apasionado de la disciplina (8). Sobre todo parecen

(8) "Le representa –dice la propia autora– en su postura habitual, sentado en su

excesivamente estilizadas las manos, blanquísimas y alargadas (9).

Finalmente, J. de la Luz León publica otro croquis, a lápiz, dibujado también por Berta Vadier a la misma edad, poco más o menos, que el papel anterior; pero en este apunte aparece muy envejecido, con melena y perilla y todo el aire de los poetas románticos de su época; respirando también esa normalidad que es tan difícil de conservar, cuando no es muy recia, en los tiempos de decadencia.

El prestigio físico

Aspecto, pues, de hombre recio y, además, interesante. Bopp (10) recuerda que Schiré le encontraba "un aire doloroso de Cristo"; y él, Bopp, por su parte, añade esta descripción: "Grandes ojos oscuros, hundidos en las órbitas; de mirada poco viva y como absorta en una vida meditativa; la frente elevada, de pensador; pero a la vez había una cierta inquietud y una como voluntariosidad en la tensión muscular de su rostro, dulcemente dibujado y rodeado como de un halo de indecisión." Y añade: "La hermosura de este rostro podía agradar a ciertas mujeres." Exacto lo de "ciertas". No es la cabeza equívoca y juvenil del mozo atleta, ideal de la mujer indiferenciada, inmadura, instintiva; sino esta otra, atormentada, llena de individualidad y vida interior; cabeza de director espiritual, que busca, para su descanso, la mujer de feminidad en su otro.

butaca, la cabeza apoyada en la mano, la mirada pensativa. A él le gustó y dijo: Así soy." *(Op. cit.*, pág. 251.)

(9) Ya en la descripción de Amiel niño, copiada antes (pág. 64), encomia Berta las manos delicadas del que fue su maestro. Insúa, que vio el retrato en casa de Berta Vadier, se fijó también en estas manos "blancas femeninas ideales" *(op. cit.*, pág. 176), probablemente estilizadas por el fervor de la pintora. Recuerdo ahora que Leonardo de Vinci tenía también estas manos delicadas, de mujer.

(10) BOPP: *Op. cit.*, pág. 315.

Amiel tenía, sin duda, la conciencia del valor de estos detalles físicos en la génesis de su influencia personal, que sabía administrar hábilmente. No era, por cierto, un elegante, como lo hubiera sido un Don Juan. Pero sentía, como los hombres de su tipo que no quieren chocar en la calle, sino hacerse inolvidables en una hora de intimidad, el justiprecio de todos sus elementos de impresión. Cuando cumplía el medio siglo se esforzaba en parecer "siempre amable, siempre mundano. Tocaba ya la cincuentena, pero a despecho de los hilos de plata que matizaban su cabellera, parecía aún joven; su paso era gracioso y vivo; llevaba alta la cabeza, sin arrogancia, pero con el aire del que soporta ligeramente el peso de los años y mira cara a cara el destino. "No inspirar nunca lástima: ésta fue siempre su gran preocupación" (11).

Preocupación, pues, estética en su noble sentido viril: no inspirar lástima, que los hombres enteros aborrecen sobre todas las cosas (12).

Por eso le vemos, una y otra vez, cuando la vejez se le echó encima, lamentarse de su decadencia plástica. En el otoño de 1871 sufrió de un coriza, con inflamación de la nariz, que le hizo desgraciado, más que por el leve sufrimiento físico, por el temor de aparecer desagradable. "La hinchazón de mis labios –escribe el 1 de octubre–, de mi nariz y del tabique nasal se ha convertido en una coliflor dolorosa. No puedo sonarme, me molesta hablar y estoy desfigurado. ¡Y esto en el momento de reanudar la vida social, el curso y las visitas!"

El mismo día, a las diez de la noche, coge la pluma para escribir: "¡Mi pobre nariz está espantosa!" Retrasa el fin de su vacación para no exhibirse así. "No osaría ver a nadie" (3 de octubre, a las once de la mañana); y a las cuatro de la tarde

(11) BERTHE VADIER: *Op. cit.*, pág. 149.

(12) Sin embargo, luego veremos que unos de sus recursos amatorios era la queja de su poca salud; y gustaba de ser confortado y cuidado por sus amantes, como un hijo débil por su madre. Siempre Edipo.

del mismo día anota, un tanto aliviado: "Las eflorescencias labiales empiezan a secarse; las de la nariz no avanzan tanto"; y, aun, a las cinco de la tarde añade: "Desagradable estado para volver a Ginebra con el mismo catarro de hace cuatro meses, más la lesión local, que puede hacerme penosa y humillante la enseñanza" (13).

No pueden ser todas estas observaciones más significativas. La deformidad física contrasta e inhíbe aun a los hombres más despreocupados, pero no hasta este punto de obsesión genuinamente narcisista.

Tienen sus propias notas, reveladoras de su presunción, más valor que los testimonios apologéticos de los demás; porque la mayoría de éstos son testimonios póstumos, encendidos ya por el calor de la fama, naciente o esplendorosa, del escritor. Es curioso, aquí como siempre, observar el prestifio físico que adquiere un hombre desde el momento en que la gloria toca en su frente. Su rostro, su mirada, sus actitudes, iguales a como fueron siempre, empiezan a tonarse nobles, expresivas, hermosas. Tal vez porque la vida está llena de cosas bellas, en las que no paramos la atención, hasta que el fulgor del éxito nos invita a mirarlas: el éxito es, para el público, como el amor para el amante, que le hace ver –en el triunfador como en el amado– perfecciones que no percibe el ojo distraído. Tal vez porque, realmente el triunfo esciende, como también el amor, rasgos de atracción adormecidos en la figura humana (14).

(13) *Philine*, págs. 319 y sigs. La misma actitud de pudor por la fealdad cuando fue operado en Lausanne (octubre, 1874) de un epitelioma en la cara: "Sería para mí penoso y molesto hacer mi vida en el estado en que está mi cara, desfigurada, gesticulante, mal cicatrizada." (BERTHE VADIER: *Op. cit.*, pág. 191.) O cuando le sacaron los dientes (septiembre, 1877): "Tengo que convertirme en esclavo del dentista durante algún tiempo y quiero esconderme durante la horrible metamorfosis, encontrar un agujero." (De una carta a Berthe Vadier en CARMAGNOLA-RICHARD: *Berthe Vadier et una correspondence inédite de H. F. Amiel*. Genêve-Robert, 1925.) Y poco después (octubre, 1877): "La coquetería me impide mostrarme ante mi ahijada, estando desdentado y adelgazado."

Tal vez porque los hombres llevamos siempre escondido, pero alerta, un espíritu servil que nos pone ante los ojos, para mirar al vencedor, un cristal de color de rosa.

(CARMAGNOLA-RICHARD: *Op. cit.*, pág. 393.)

(14) Flaubert *(Madame Bovary)* hablaba de la "indefinible belleza que se desprende de la alegría, del entusiasmo y del éxito".

Capítulo octavo

La obsesión de la compañía femenina

De acuerdo con estos datos morfológicos están los de la conducta de Amiel. El tímido por incapacidad huye, ya lo decíamos, de la mujer, inaccesible a sus posibilidades. Amiel no sólo no las evitaba, sino que pasó su vida obsesionado por la compañía de ellas. "La felicidad más directa y más segura –dice a los cuarenta y dos años– es para mí la sociedad de las mujeres. En este medio, a su lado, me esponjo inmediatamente, como el pez en el agua, como el pájaro en el aire.

Son ellas mi elemento natural y nos entendemos recíprocamente a las mil maravillas.

¿Es esto la compensación de mi larga timidez ante al otro sexo? ¿Es como una variedad de la electricidad por inducción, la que hace que el encanto femenino exalte en mí todas las facultades desinteresadas? No deseo, en modo alguno, conquistar y poseer; pero, al lado de las mujeres, me siento ensanchar y resplandecer, por amor general, por simpatía pura; y el verbo afluye entonces en mí" (1).

El *Diario* abunda en confesiones parecidas, que han sido destacadas por sus comentadores. Vivió rodeado de amigas de diversos grados, que después estudiaremos. En casa de una de ellas murió.

En Ginebra se llegó a pensar que bajo su aire de catedrático tranquilo se escondía un cazador furtivo, pero afortunado e incansable, de mujeres.

Y acaso, en las mismas quejas con que rechaza estos rumores en distintos pasajes de sus recuerdos, asoma una leve, apenas indicada, vanidad.

(1) *Journal intime*, I, pág. 167.

La busca del ideal

¿Qué buscaba nuestro escritor, como los demás hombres de su psicología, en su trato obsesivo por el otro sexo? La lectura detenida del *Diario* nos da la certeza de que toda la vida de Amiel fue una rebusca dolorosa, entre la serie inacabable de sus mujeres, de una, tan diferenciada como exigía su instinto superviril; acaso una sombra de su madre. En suma: un ideal, tan lejano de la casuística que tuvo a su alcance, que se agotó buscándolo y se murió sin haberlo encontrado.

"Me doy cuenta exacta –dice en una ocasión– de que seré capaz de amar perdidamente, pero sólo cuando encuentre la mujer que responda a mis sueños."

O bien: "Mi movilidad, es apariencia constante, no es, en el fondo, *más que una investigación*, una esperanza, un deseo y una preocupación; *es la enfermedad del ideal"* (2).

En el mes de septiembre de 1861, en plena aventura con Philine (3), escribe: "¿Para qué sirvo? Para nada. Lo único que me interesa es el afecto de las mujeres. No trabajo más, no estudio más; sólo ambiciono *una mujer a propósito para mi corazón*. Todas las muchachas que pasan me parecen, a la vez, una invitación y una burla de la felicidad. Amo un poco a todas las mujeres, como si todas guardasen una parte de mi ideal o mi ideal entero. Las envuelvo en mi simpatía, como si fueran el asilo, el sanatorio, el refugio de los dolores, de las alegrías y de los cariños; como el depósito celestial de la mansedumbre y de la bondad sobre la tierra. Sólo me encuentro bien del todo cuando estoy entre ellas; y cuando obedezco por completo a mis impulsos, ellas, a su vez, se sienten tan bien amadas y comprendidas, que me devuelven mi simpatía. Lo veo, sobre todo, en el campo o en la montaña, cuando no están delante de

(2) *Journal intime*, I, pág. 104.

(3) *Journal intime*, I, pág. 146. Las frases subrayadas lo han sido por mí mientras no advierta lo contrario.

mí ninguno de esos ojos sarcásticos o esas lenguas irónicas que cría, tan abundantemente, la ciudad de Calvino (4). Mi modo de ser es acariciador, tierno, previsor, tolerante, simpático, propicio a abandonarme a la vida colectiva, a buscar el modo de hacer felices a los animales y a las personas; en una palabra, a ser bueno para todos los seres vivos, compasivo para todas las vidas, amante para todos los corazones. *Y he aquí que éstas son, justamente, cualidades paternales y conyugales. No soy indigno de ser esposo y padre. ¿Qué es, pues, lo que me detiene en esta vocación? Una desconfianza incurable en mi destino y, además, el refinamiento de mi ideal. No me atrevo a jugar la última y única carta de mi felicidad.* No sé aún dónde se encuentra mi compañera. He sido amado lo bastante para aprender a ser delicado en los afectos y para no ignorar de cuántas maneras se puede sufrir en la vida conyugal. *Temo a la Némesis que me hará, tal vez, desdeñar, cuando esté ya a punto de entregarme. Y, sin embargo, sólo tengo una aspiración y un deseo."*

Cerca ya de la vejez, repite, cada vez con más angustia, su lamentación: "Espero aún –exclama–, espero aún el amor grande, oculto, grave, sereno; el que vibra con todas las fibras del alma. *La mujer que no lo comprendiese así no sería digna de mí."*

Esta es, una noche y otra, al soñar, con las cuartillas delante, en sus afanes del día recién muerto, la conclusión reiterada de nuestro buen catedrático. Y podrían multiplicarse las citas análogas que llenan su *Diario:* algunas serán copiadas todavía, más adelante. Medioni llega por ello a la conclusión rotunda de que "si Amiel no se casa es porqué está enamorado de un ideal" (5). Y del mismo modo comenta Bopp: "Para que el matrimonio sea feliz es preciso algo más que las conveniencias domésticas, fisiológicas y morales en el sentido habitual de la

(4) He aquí una de sus frecuentes alusiones a las murmuraciones de la gente ginebrina, y, seguramente, de un modo especial, de las familias de sus hermanas.
(5) MEDIONI: *Op. cit.*, pág. 56.

palabra. Amiel exige más todavía: quiere la simpatía ideal de las almas, su armonía religiosa, su divina concordancia." "Amiel busca el matrimonio perfecto, la mujer perfecta; pero como no encuentra nunca irreprochables mujeres de su trato, sus exigencias le conducen al renunciamiento y le condenan a la soledad" (6).

Un ideal; pero –hay que repetirlo– un ideal de superhombre. Y por ello estrictamente monogámico. Sólo el hallazgo de una mujer única podría satisfacerle. "Feliz –escribía a los treinta y nueve años– el que encuentra a la esposa enérgica y pura, compañera de las noches y de los días, apoyo de la juventud y de la vejez, colaboradora de sus trabajos, eco de su conciencia, bálsamo de sus penas, oración y consejo, descanso y aureola; en ella halla el esposo la Naturaleza entera, la encarnación de la poesía, el ancla de su inquietud, la realización de sus ensueños. El verdadero matrimonio es una oración, un culto, una religión, porque es a la vez naturaleza y espíritu, contemplación y acción; porque participa visiblemente a la obra del infinito por el trabajo, por la fecundidad y por la educación: esta semilla triple del espíritu y de la vida" (7).

He aquí retratado el fantasma que persiguió en vano. Amiel ignoraba que esa mujer ideal no se encuentra, en ese estado de perfección, casi nunca; porque, por lo común, no es sólo obra del azar, sino, en gran parte, obra de la propia creación. En este error estriba la esterilidad de los espíritus que trasponen la frontera del tipo medio de la diferenciación y aspiran a ideales perfectos, tanto en el amor como en las demás actividades humanas. El ideal femenino, como todos los demás ideales, no se nos da nunca hecho; es preciso construirlo; con barro propi-

(6) BOPP: *Op. cit.*, pág. 306. En una carta a Ch. Dollfus (nota de Bouvier a los *Essais critiques*, pág. 288), escribía Amiel, no obstante, todo lo contrario: "las mujeres excepcionales no dan la felicidad". "Corina (mujer extraordinaria) debía de dar muchas jaquecas y hacer desear las tonterías y la sopa de legumbres." Claro es que esto es escribir por escribir.

(7) *Journal intime*, I, pág. 135.

cio, claro está, pero lo esencial es construirlo con el amor y el sacrificio de todos los días, exponiendo para ello, en un juego arriesgado, a cara o cruz, el porvenir del propio corazón. Porque cuando nos enteramos de si la mujer elegida es o no la mujer ideal, el día de la boda está ya tan lejos y la cabeza tiene tantas canas, que, si no se acertó, hay que resignarse a la equivocación para siempre.

Miedo a la convivencia

Pero a estos idealistas les falta coraje para intentar la experiencia material, no siempre impoluta. En Amiel se ve claramente como su ideal, su ideal supervalorizado de la femineidad, le obliga a no acercarse demasiado a la mujer por el temor de que el ensueño se empañase. "En la mujer –afirma– la fealdad me hiere físicamente." Es aún más típico el dato que refiere Berta Vadier (8) de la repulsión que experimentó hacia sus primas, siendo muchacho, porque las veía beber y comer. Involuntariamente, las comparaba con las heroínas de las novelas románticas y no podía sufrir los inevitables aspectos vegetativos de las mujeres de carne y hueso (9). Posiblemente, en aquella sociedad infantil con sus hermanas y con sus primas recibió pequeñas agresiones, como ésta, que contribuyeron al mal acondicionamiento de sus reflejos afectivos. Son muy frecuentes los casos de hombres de este mismo tipo que se sienten apartados

(8) BERTHE VADIER: *Op. cit.*, pág. 18.

(9) No ya de muchacho, sino a los treinta y tres años, decía aún: "Agnès (de la novela de DICKENS: *David Copperfield)* me ha sumido en un encanto y ha humedecido mis ojos: creo que es mi heroína favorita o, más bien, *mi ideal femenino;* representa la afección perfecta, la pureza serena y celeste, la calma dulce y profunda, la fidelidad invencible, el alma bella, grande y simple, tierna, religiosa, sin mancha, cuyo influjo fortifica, mejora y engrandece. *Yo sé que podré amar perdidamente cuando encuentre personas como estas de la ficción, que respondan a mi ensueño."* *(Journal intime,* I, pág. 32.)

de la mujer en general o de una mujer determinada, contrariando otros lazos profundos, merced a la potencia negativa de las pequeñas materialidades, inevitables en la convivencia. La intimidad es, sin duda, un trance áspero para las almas delicadas. Requiere que la amistad o el amor sean tan enérgicos que fundan, como en un crisol, la escoria inevitable de la vida orgánica para que quede resplandeciente y limpio el metal precioso de los afectos.

Los seres tocados del mal de la supervaloración de su ideal se hacen inadaptables a esta convivencia, tan peligrosa en ellos, para el instinto y para la vida de los sentimientos. Amiel tenía miedo a la fealdad del talle, la que da la visión demasiado cercana que enturbia el resplandor de las más puras bellezas. Temor también a la frialdad, a la discordia, a la muerte de la ilusión y a su embalsamiento entre el hielo de la tolerancia, de la resignación y el agradecimiento. "Noventa y nueve veces por ciento –escribe–, el problema de la vida en compañía se resuelve mal" (10).

Naturalmente, Amiel, al hablar así, no piensa con la piedad propia del hombre fundamentalmente bueno, que es siempre el hombre medio; y en esto se parecen los individuos a los pueblos, que son tanto más generosos cuanto menos son primeras potencias. Para el varón normal, no de instintos excepcionales, la vida en compañía es la normalidad; y si es cierto que toda normalidad tiene que vencer asperezas para encontrar su cauce, éste se encuentra a la larga, porque la buena voluntad hace milagros; o bien por rumbos imprevistos, que dispone un azar protector. Lo importante es no poner en este juego de la convivencia sexual unas exigencias y una ambición excesiva. Todas estas circunstancias, y las explicadas en capítulos anteriores, crean un estado de desvalorización de amor físico muy característico en los hombres de la categoría de Amiel. Lo que

(10) *Journal* inédito, transcrito por J. DE LA LUZ LEÓN: *Op. cit.*, página 235.

se gana elevando la categoría del ideal se traduce en pura pérdida para la categoría física de la convivencia. En el caso de nuestro profesor, la documentación referente a este punto es preciosísima. Aparece, sobre todo, con perfecta claridad en el relato de su aventura amorosa con Philine, que nos ocupará en el capítulo próximo.

Vemos, pues, el gran tímido atraído irresistiblemente hacia la mujer por la índole misma de su alta categoría sexual; y a la vez inhibido, temeroso de acercarse a ellas, porque le repelen las fuerzas contrarias que hemos explicado. Por eso, tras largas meditaciones, acaba rechazando una por una a cada cual de sus platónicas amantes. No eran nunca como la heroína soñada: como su madre, difuminada siempre, allá en el fondo de sus inquietudes. Y, además, en el momento decisivo surgía el hijo del comerciante ginebrino, el del debe y el haber, y ponía en la balanza, junto al ensueño, la dote, la buena salud y las demás cualidades del más empecatado prosaísmo. Y, en fin, le detenía el misterio de la experiencia física, el amor material, que no sabía lo que era...

Hasta que un día las circunstancias le hicieron saberlo.

Capítulo noveno

La tentación de la carne

Importa, antes de tocar este punto, repetir que la casta inhibición de nuestro héroe no era una incapacidad física. Ya antes lo hemos explicado. Amiel, dice Bopp –el más profundo de sus biógrafos–, pudo ser un débil, "pero no un impotente" (1). Y él mismo lo declara, viejo ya, más por los achaques que por los años, en agosto de 1871 (2): "Puedo todavía casarme, con la certidumbre de hacerla dichosa." Si hoy me decidiera –añade casi dispuesto a dar el paso decisivo–, podría casarme hacia el 27 de septiembre y enmascararía esta odiosa edad de los cincuenta con un tinte de cámara nupcial. Pero..., pero..., pero..."

Este "pero", tan suyo, no se refería para nada a su material vigor.

Pero, por otra parte, los escrúpulos le impiden una y otra vez levantar el velo a su instinto. El mismo confiesa que desde niño, desde su primera adolescencia, la sexualidad fue "su Némesis y su suplicio" (3). Pero temía siempre. Temía unirse a una mujer que no fuera la soñada. Temía no ser él, a su vez, grato a su amante. Temía herirla con palabras o actos groseros. Y se

(1) BOPP: *Op. cit.*, pág. 303.

(2) *Philine*, pág. 292.

(3) *Journal intime*, I, pág. 143. Toda esta página es también muy importante. El autor tenía cuarenta años. Sólo transcribo aquí algunas líneas. "La sexualidad ha sido mi Némesis, mi suplicio desde mi infancia. Mi timidez extraordinaria, mi embarazo ante las mujeres, *mis violentos deseos*, los ardores de la imaginación, las malas lecturas en la primera adolescencia y, finalmente, la *desproporción eterna entre la vida real y la vida soñada*, la funesta tendencia a separarme de los gustos, de las pasiones, de las costumbres de las gentes de mi edad y de mi sexo: el fatal atractivo que he ejercido sobre los corazones delicados y tiernos: todo esto deriva de la vergüenza primitiva, *de la idealización del fruto prohibido;* en suma, de una falsa noción de la sexualidad. Este error ha envenenado mi vida. Me ha impedido ser un hombre e indirectamente ha truncado mi carrera." Aquí están, otra vez, todas las características de la afectividad sexual, superdiferenciada, del autor.

entregó a una castidad forzada y persistente, erizada de noches inquietas llenas de lecturas eróticas, de las que salía con el cuerpo rendido y el alma tan sobresaltada como un san Antonio, menos simple de espíritu que éste, para mayor tormento suyo. He aquí una huella característica de esta crisis cuyo conocimiento es esencial para la vida interior de Amiel. Esta escrita el 25 de septiembre de 1860, a los treinta y nueve años. "¡Desgraciado el que deja despertar el gato adormecido y la imaginación perezosa! Mi pensamiento, en la noche pasada, ha bajado la cuesta italiana y se ha dejado arrebatar por las seducciones de Cypris. He releído a Parny, a Bertin, a La Fontaine hasta después de medianoche. Pérdidas (4). Esta mañana he caído otra vez sobre Ovidio y Apuleyo. La entrevista frustrada (el billete llegó esta mañana) tiene gran parte en mi agitación y también el exceso de café negro durante todo el día. Venus me ha excitado como a un muchacho y las curiosidades agudas del placer me cosquilleaban como a san Antonio. Me parece que mientras en la práctica soy tanto más discreto, continente, escrupuloso, tanto más me tientan las lecturas libertinas. Mi ignorancia de la mujer viva me hace enrojecer cuando, gracias a las lecturas eróticas, me siento hombre, joven, apasionado, capaz de los placeres de Afrodita y del transporte de los sentidos. Avergonzado de mi inocencia de hecho y orgulloso de no tenerla en espíritu, me sucede como a las mujeres pudorosas; tomo mi revancha *in petto:* me cobro de las voluptuosidades perdidas en las lecturas solitarias. *En este sentido, la posesión debe ser una liberación.* La castidad es más pura que la con-

(4) En varias de estas noches figura, en su relato diario, la palabra *perte* o bien una +, que tiene la misma significación. M. Bouvier me habla de una carta del posible mecanismo –voluntario o involuntario– de estas tristes alusiones a sucesos de significado indudable. Es igual; y no hay para qué insistir sobre ello. Pero hay que anotarlo, porque demuestra hasta que punto estaba indómita la carne bajo su esfuerzo heroico para "conservar el alma pura, a fin de que pudiera reflejar el infinito": aspiración que "dominó y dirigió toda la vida de Federico Amiel", según su piadosa biografía. (BERTHE VADIER: *Op. cit.*, pág. 56.)

tinencia. La sed se cura con bebida y el ardiente deseo por la conquista realizada. La mujer debe liberarnos de la mujer por el mismo medio que la electricidad nos libra de su tensión: por el contacto." "Es singular el observar con qué facilidad, ante las imperiosas solicitudes del instinto, se convierten en humo los obstáculos morales, que acaban por parecernos convencionales y ficticios. Experimento, en cierto modo, el fenómeno de la *Crisis* (Feuillet (5): una especie de sublevación interior de la juventud que va a morir y que teme haber sido engañada en nombre de la prudencia y de la contención). Ignoro el placer por excelencia. He dejado huir la mejor edad. ¿No habré sido un necio? Este es el pensamiento que acosa a un solterón de treinta y nueve años en su cuarto solitario sobre la almohada de su insomnio" (6).

En otros muchos sitios de su *Diario,* alrededor de estas fechas, insiste en la misma idea de que sólo la posesión, el conocimiento, le curaría de su mal de amor. Esta idea, casi fija (7), le empuja hacia la experiencia amorosa, hasta entonces inédita. Ahora con más fuerza, porque es éste un sentimiento típico de la crisis involutiva a la que él mismo alude con perspicacia; y, además, porque está a la vista la "viuda tierna y ardiente" que tan hondo surco iba a dejar en su existencia. Pero así pensó no sólo en sus años de climaterio, sino siempre. Los párrafos que siguen son de once años antes (14 de diciembre de 1849) y dicen casi siempre lo mismo:

(5) Se refiere el autor a la comedia de FEUILLET *La Crise*, que tuvo mucha boga en su tiempo, y contiene, en efecto, certeros puntos de vista psicológicos. La he comentado largamente en mi libro *La Edad Crítica*. Madrid, 1925.

(6) *Philine*, pág. 80.

(7) 29 septiembre 1867: "Acaso la homeopatía resulta más verdadera en moral que en Medicina." "El hombre no se emancipa sino de aquello que posee." *(Journal* inédito, transcrito por LEÓN: *Op. cit.*, página 180.) 26 de agosto 1868: "El matrimonio libera al espíritu de la obsesión del amor carnal." *(Journal intime*, I-246.) 26 de marzo 1873: "La vida conyugal apacigua la imaginación y la carne; cura el histerismo malsano y obsceno." *(Journal* inédito, por LEÓN, pág. 205.) 2 abril 1873: "La mujer nos cura de la curiosidad, del deseo y de la locura sexual." *(Journal intime*, II-61.) Y podríamos copiar muchos pasajes más, casi idénticos.

"Virginidad viril: merecerías por tu rareza un templo, y los antiguos hicieron mal en olvidarlo. No haber, a los veintiocho años, librado aún su fuerza a una mujer, como dice Pitágoras; no haber sido aún "gustado", como dice Goerres; no haber todavía "conocido", como dijo Moisés; no haber "poseído", como escriben los novelistas franceses, es un fenómeno del que ningún otro hombre de mi edad podrá ser ejemplo. ¿Es una virtud? Mucho he pensado sobre ello. Después de haber dormido en todos los lechos de Europa, desde Upsala a Malta, desde Saint-Malo a Viena, en los albergues y en los hoteles, en las cabañas de los pastores bretones, a dos pasos de las prostitutas de Nápoles; después de todo esto, no conocer la voluptuosidad más que en imaginación; poseer un temperamento precoz, hecho de lecturas enervantes; haber tenido incluso las ocasiones más seductoras desde antes de los veinte años, ser curioso hasta el crimen y sobre todo ser curioso del amor; ser inflam able; estar siempre errando por el mundo; después de todo esto, ¿por qué milagro he podido volver a mi hogar con la inocencia de un niño? ¿Qué es lo que me ha guardado? El respecto a *ellas*; he tenido siempre horror a hacerles un mal. No puedo soportar la idea de corromper; y, en cambio, la muchacha o la mujer a las que yo no hubiera podido dañar no serían dignas de mí" (8).

La decisión de conocer

No puede extrañarnos, pues, que Amiel intentase resolver casándose este problema, sentido tan enérgicamente, tan en lo hondo de su espíritu y de su carne. El mismo creía que eran los veinticinco años la edad propicia para el matrimonio. Desde su vuelta a Ginebra, cuando le concedieron la cátedra, proyecta

(8) *Journal intime*, I, pág. 11.

casarse, y otras veces, más tarde, animado por su familia y los amigos (9). Pero lo detenían siempre sus preocupaciones inhibidoras y quién sabe si, sobre todas ellas, el desconocimiento de la vida sexual, que tanto le atemorizaba, por el posible fracaso, no material –como aquel que Ovidio cantó con cómica desesperación– sino afectivo.

Pero la edad –la edad, tan terrible para él– se echaba encima; y con matrimonio o sin él había que lanzarse a la experiencia del amor; había que decidirse; y la ocasión, tan difícil de encontrar en un hombre de su estructura espiritual y de las condiciones de su vida social, llegó al fin el año 1860, cuando le faltaban unos meses para cumplir los cuarenta; la edad en que, según los novelistas del siglo pasado, el hombre se esfuma para el amor; pero aquella en que según los escritores y los héroes cinematográficos modernos, empieza, con la primera nieve a los lados de la frente, la verdadera plenitud viril. Chateaubriand, experto en la materia, había, entre otros, anunciado la buena nueva del amor propicio, a los hombres inútiles ya para formar en los *teams del foot-ball.*

Fue un día de octubre –la época tormentosa de Amiel– cuando ocurrió su primera y única aventura amorosa, completa, con una mujer. Los antecedentes y consecuencias de esta aventura han cambiado por completo, al ser conocidos en estos últimos años, el concepto nuestro sobre el autor del *Journal,* y constituyen, por otra parte, uno de los documentos más útiles de que hoy disponemos para la interpretación del instinto masculino.

Serenidad ante la revelación

Hay varios puntos esenciales que tenemos que comentar en

(9) BERTHE VADIER *(op. cit.,* págs. 141 y sigs.) se refiere sólo a tres proyectos de matrimonio. Pero, como luego veremos, hubo más.

la tardía aventura de Amiel con esta mujer bautizada por él con el nombre de Philine. En primer lugar, la perfecta naturalidad con que ocurrió.

Imaginemos a este hombre, obsesionado, día tras día, por la mujer, en inminencia de llegar a la clave del laberinto que le ha hecho errar inútilmente durante toda su vida y en una edad en que se da ya a todas las cosas, y sobre todo a éstas, su trascendencia absoluta. La aventura, además, ocurrió con todos los antecedentes románticos que podían alumbrar con la luz más sugestiva, los primeros pasos de un hombre de su complicación afectiva; una petición de cita en un billete perfumado; contestación por medio de la cuarta plana de un periódico; el fantasma se esfuma, y aparece al fin, velado el rostro, atractivo el porte y el gesto, para dar comienzo al segundo acto de la tragicomedia. Todo está relatado con novelesco interés, a veces diluido entre alusiones veladas, seudónimos y monogramas, en la selección del propio *Diario* que ha publicado Bouvier con el título de *Philine* y en los libros de Thibaudet y León, que ya hemos citado largamente. En este estudio quiero sólo destacar los puntos que convienen a mi demostración.

La emoción de Amiel, pensamos, debía de ser infinita al acercarse la hora decisiva. No en vano, al recibir el primer anónimo, había exclamado: "¿Será ésta una respuesta de la Providencia? El amor que me sale al encuentro, ¿será la curación esperada, la necesaria fuerza, la ansiada salvación?" (10).

Y, sin embargo, el 5 de octubre, víspera del gran acontecimiento, escribe en su *Diario* las mismas impresiones de siempre. Ni sombra de preocupación; sólo la habitual faena literaria, los mismos pequeños cuidados de sociedad. Visita a unos amigos para felicitarles por el casamiento de su hija. Se pasea tranquilamente al sol después de almorzar. Traduce en verso una obra inglesa. Lee un bonito artículo de crítica en el *Journal des Dé-*

(10) *Philine*, pág. 41.

bats. Se reprocha el no aprovechar bien su tiempo. Revisa temas para sus próximas lecciones. En fin, lo de todos los días. Tan sólo una alusión brevísima a la noche anterior, llena de tentaciones, con ella, la viuda, en el centro, durante la cual compone una canción priápica (11). Pero esto, como se ha visto, le ocurría con frecuencia. Finalmente, alguna referencia discreta a una carta escrita en el papel rosado, con la cual en la mano se paseó bajo el cielo azul de la tarde. Reconoce que la soledad no le sienta bien, y termina el día exclamando "¿Qué haré mañana?"

Y esa mañana, la del día decisivo, el 6 de octubre de 1860, empieza también con la anotación cotidiana del tiempo. "Tiempo maravillosamente hermoso." Trabaja algo después del desayuno. Recibe luego los recados de una señora vieja de Berlín. Y de repente, sin transición, nos relata la aventura única y trascendente, los minutos en que se resume toda su vida de varón, con la perfecta tranquilidad con que cualquiera de los demás días anota sus lecturas o sus paseos; tal vez con menos pasión, en apariencia, de la que pone en cualquiera de sus mil preocupaciones habituales. Vale la pena de transcribir íntegra esta hoja de su *Diario* (12). Es, por mejor decir, preciso hacerlo.

"6 de octubre de 1860 (las once de la noche).– Tiempo maravillosamente hermoso. Esta vez no lo aprovecho demasiado. He trabajado algo durante la mañana. He recibido la visita de S. H., que me traía un billete amistoso e íntimo de madame B. P., de Berlín (la conocí en Aharnex), abuela de corazón ardiente y sano. *¿Y cómo debo titular la experiencia de esta tarde?* ¿Es una decepción? ¿Es una borrachera? Ni lo uno ni lo otro. Por primera vez he tenido "un éxito" en amor, y, francamente, al lado de lo que la imaginación se figura y se promete,

(11) 5 octubre 1860: Mala noche. Me acosté a la una y media de la madrugada. Lilith me persigue. Tentaciones. He rimado una cancioncilla priápica: *Bacante y Sátiro*." (*Philine*, pág. 91.)
(12) *Philine*, pág. 30.

la realidad es bien poca cosa. Es casi un cubo de agua fría. Estoy bien tranquilo. Esto me ha enfriado y me ha esclarecido. La voluptuosidad está, por lo menos en sus tres cuartas partes, en el deseo, es decir, en la imaginación. La poesía vale infinitamente más que la realidad. El interés vivo de la experiencia es esencialmente intelectual. Al fin puedo razonar sobre la mujer, en plena conciencia, sin esa seminecedad que da la ignorancia o sin esa idealización artificiosa del pensamiento que me ha estorbado tanto hasta ahora. Veo el problema sexual con la calma de un marido *y sé ahora que, al menos para mí, la mujer física no es apenas nada.* La moraleja de la historia es que el afecto, la simpatía, la sumisión de una mujer es todo el bien que ella puede hacernos; y "el favor último" no aumenta o apenas aumenta la cuenta. En cuanto a la mujer misma, me ha hecho mucho menos efecto del que esperaba. *En último análisis, estoy estupefacto de la relativa insignificancia de este placer, sobre el que se ha armado tanto ruido.* Incluso empiezo a comprender lo que antes no comprendía, a saber: cómo teniendo todas las mujeres a su disposición, los hombres voluptuosos buscan, a veces, otra cosa distinta. Mi impresión dominante es, pues, la calma, la libertad. Así, entre mi vida de hombre completo casi en el aniversario de mi nacimiento.– X (Philine) ha venido a verme a mi casa. Era preciso para que entráramos en una situación normal. La bella viuda ha estado como yo esperaba; ahora puedo, aun más exactamente, ponerme en el lugar de la mujer. Para ella es todo el provecho."

Al día siguiente declara que la formidable aventura en nada ha cambiado su vida. Oye un sermón y lo juzga serio y discreto. Pasea con otro profesor. Visita una exposición de frutas y legumbres. Juega al billar. Diserta sobre Atenas y París. Hace juegos de manos para entretener a unas jóvenes pensionistas. Y nada más. La vida sigue como antes.

¿Qué clase de hombre es éste?, se preguntan con asombro o con indignación los lectores de su *Diario*. Y yo respondo:

sencillamente, un hombre que, a fuerza de serlo, se desvió de su rectitud instintiva, como esas ramas cogidas en el remolino de un torrente, cantadas por Shakespeare, que a fuerza de girar sin avanzar se pudren a sí mismas.

Para el varón excesivamente especificado, para el hombre supertípico, la gran aventura amorosa es sólo esto: un episodio entre las demás actividades de la vida. La pérdida de su virginidad no representa nada trascendental para él, porque tiene, sin darse cuenta, la conciencia profunda de su capacidad. No se cree superior ni se engríe vanidosamente, como los mozalbetes del bachillerato, por haber tenido una amante. Su hombría, después del buen suceso, no ha aumentado ni en un adarme más. Hace ya muchos años –recordémoslo– que sabía, puntualmente, todo lo que podía esperar de este abrazo que a los demás hombres nos arrebata.

Para un tímido por inferioridad, esta experiencia victoriosa hubiera equivalido a la liberación de una esclavitud; ¡a cuántos he conocido que se han curado radicalmente, tras el momento feliz, organizado después normalmente su vida de relación; tal vez bastándoles el recuerdo del primero y único combate afortunado para librarse en adelante de su angustia!

Para un Don Juan, escritor de Memorias, como Casanova, ¡cuántas páginas de prosa erótica hubieran brotado del relato del sencillo acoplamiento! ¡Cuántas mentiras bordadas con el hilo de esta verdad al alcance de todos!

Para Amiel, escritor de 16.000 páginas de recuerdos íntimos, este suceso sólo podrá ser materia de media página, ni más ni menos; media página de literatura serena, descargada y escueta.

El prejuicio confirmado

Pero aún más típica que la naturalidad ante el suceso magno es el resultado de la experiencia psicológica. ¿Qué encontró

Amiel en el amor físico? En apariencia, fiándose de sus palabras, antes copiadas, nada más que una decepción. Decepción, desde luego, ridícula, porque el amor no se conoce en un día, como él supuso con petulancia doctoral, de verdadero catedrático, sino que requiere, tan sólo para iniciarse en su conocimiento, por lo menos las mil y una noches de la leyenda. Mas el observador sereno encontrará en la reseña de este abrazo memorable entre el preocupado pedagogo y la joven viuda apasionada algo más interesante que una simple decepción; a saber: la desvalorización del amor físico, característica, como antes decíamos, del hombre que ha valorado excesivamente el ideal del amor. Con palabras de perfecta exactitud expresa Amiel este sentimiento en las frases transcritas. "¿Cómo debo llamar –dice– a la experiencia de hoy? ¿Es una decepción? ¿Es una borrachera? Ni lo uno ni lo otro.

Por primera vez he tenido un éxito en amor y, francamente, al lado de lo que la imaginación se figura y se promete, la realidad es bien poca cosa."

"La voluptuosidad está, por lo menos en sus tres cuartas partes, en el deseo, es decir, en la imaginación. La poesía vale infinitamente más que la realidad."

En último análisis, estoy estupefacto de la relativa insignificancia de este placer, sobre el que se ha armado tanto ruido."

Claramente se ve que este suceso del amor material, tan llevado y traído, no fue, en el fondo, una decepción para Amiel –y, en realidad, él mismo no se atrevió a llamarlo así–, sino la confirmación de la pobre idea que de él tenía, teorizada en largos años de supervalorización del amor como sentimiento e ideal. A quien ha soñado tantos años con el amor, con tan aguda imaginación y tan copiosa bibliografía, la realidad no puede parecerle más que prosa trivial, incluso cuando la realidad toma carne en el cuerpo fragante de la joven viuda.

Fin de la aventura

No interesa a nuestro propósito relatar el final de la aventura con Philine. Una amistad que duró diez años, con momentos de pasión y de frialdad, con ausencias, con encuentros, con entrevistas románticas, con riñas; en suma, relación muy parecida a la de los novios verdaderos y distinta de las otras que nuestro pedagogo tuvo con las demás mujeres de su vasto y sucesivo harén. La familia –los hermanos, los cuñados: el pastor y el médico–, el ambiente social y universitario en que vivía Amiel, eran opuestos al matrimonio, que estuvo así concertado. ¿Qué había de hacer Amiel, que no se decidía aun cuando los suyos le empujaban, ahora ante esta resistencia unánime del ambiente? Philine era, además, pobre y nuestro héroe antes de decidirse hacía muy bien sus cuentas (13). Desde luego: se decidió por la negativa.

A los cincuenta años (1871) de Amiel, Philine organizó una temporada de aislamiento, juntos, los dos, con alguna amiga, en Vitznau. Fue su último esfuerzo, desesperado. No pudo ser. Amiel estaba cansado, envejecido, vencido. El nudo, que estuvo a punto de enlazarlos, se empezó a aflojar. Tres años después

(13) Véase BOPP, *Op. cit.*, pág. 309. No solamente era el dinero cuidadosamente sopesado en estas vacilaciones prematrimoniales, sino las diversas cualidades de la esposa, con un criterio rigurosamente mercantil. Thibaudet, humorísticamente, cuenta a este propósito lo siguiente *(op. cit.*, pág. 132): "pero, como buen ginebrino, contrajo el hábito de tratar los asuntos matrimoniales al modo de las cuentas corrientes. Cuando se le presentaba una candidatura conyugal, dividía una hoja de papel en dos columnas: una para las cualidades y otra para los defectos, y cada una de aquéllas o de éstos se expresaba en una nota, con un máximo de 6, como es costumbre en los exámenes de licenciatura en Suiza. Así, en la columna de la derecha: belleza, $5\,^{3}/_{4}$; sensibilidad, $4\,^{1}/_{2}$; imaginación, $3\,^{1}/_{4}$; orden y método, $4\,^{3}/_{4}$; dote, $1\,^{1}/_{2}$. Todo estaba cuidadosamente avaluado, dice el amigo de Amiel que nos cuenta este rasgo; el espíritu, el gusto, la memoria, la sobriedad, la subjetividad y hasta ciertas cualidades que él llamaba, no sabemos por qué, algorítmicas. En la columna de la izquierda se inscribían los pecados capitales, con subdivisiones, entre los que figuraban la hipertrofia y la atrofia cardíaca. Después sumaba las dos columnas y hacía el balance. Generalmente, encontraba que la suma de la izquierda era la más fuerte."

(julio de 1874) escribía: "Desde hace tres años la intimidad de pensamiento ha cesado entre nosotros. Subsiste por entero la cordialidad, al menos por mi parte. Sé todo lo que vale X (Philine), respeto su derecho a ser como quiera, creo en sus reales virtudes, le he perdonado ya las dificultades que me creó en la vida, le agradezco lo que ha intentado hacer por mí; en una palabra, siento que mi amistad dura aún, pero no supongo un solo instante que pueda ser una Dalila" (14).

He aquí el responso egoísta, sin generosidad, con que solía Amiel dar por acabados sus noviazgos. Unos meses después añadía: "Escribo a Philine en su aniversario. Desde que he visto a su amiga Eg, que me ha mirado con mala cara, comprendo que su frialdad es voluntaria y supongo que la amistad se ha extinguido. No me ha contestado, además, a otra carta y al envío de un libro. Pero prefiero excederme y ser abandonado en lugar de abandonar yo" (15).

En esta última frase culmina el narcisismo, odioso a veces, de Amiel. Se quejaba, es cierto, con frecuencia, del carácter variable y nervioso –muy femenino– de su amiga. Pero luego veremos que el remedio estaba en la mano de él. Lo cierto es que Philine le amó con mucha más lealtad y generosidad que él a ella. Terminar, al cabo de tanto tiempo de defensiva egoísta, haciéndose el víctima, es imperdonable hasta en el secreto de un *Diario* íntimo..., que, al fin, ya lo sabía él, acabaría publicándose.

Después de esta fecha –23 de septiembre de 1878: ¡siempre el otoño!– el Diario no habla más de Philine.

La figura de ésta se esfuma para siempre, llevándose el respeto y la simpatía del espectador. Respeto y simpatía amasados, hay que decirlo, a costa del respeto y de la simpatía de Amiel.

Nuestro autor tuvo que dar por fracasada su rebusca de ideal y se

(14) *Philine*, pág. 332.

(15) *Philine*, pág. 132. Más adelante hablaremos al detalle de la intervención de esta Eg. (Egeria), que le miró "con mala cara", en el desenlace de la aventura.

retiró definitivamente a la amistad templada, maternal, de otras dos mujeres también admirables: Berta Vadier y Fanny Mercier, "posiciones de repliegue", dice Thibaudet, de su perdida batalla amorosa.

De todas ellas nos ocuparemos en seguida.

Capítulo diez

La entrega femenina

La tercera consideración que sugiere esta historia es la más instructiva y también la menos comentada por los exegetas de Amiel. Me refiero a la actitud de la heroína de la gran aventura y, en general, de casi todas las mujeres que rondaron en torno del autor del *Diario*. Esta actitud es –cosa extraña– de fervor apasionado e inacabable ante el gesto retraído, egoísta y frío del varón. Resulta, en efecto, sorprendente seguir el proceso de la seducción increíble que despertaba este hombre de aspecto nada singular, de indumentaria inelegante, de vida mediocre con ribetes de ridiculez burguesa, tacaño, y que en el terreno amoroso no se decidía nunca a trasponer los límites de una intimidad puritana, de novios a la alta escuela. Y no cabe dudar que esa seducción existía, fervorosa, bajo tan poco gratas apariencias.

Berta Vadier nos habla, como antes he recordado, del magnetismo de sus ojos desde que era adolescente, y añade: "Desde esta edad comienza para él el fervor de las mujeres y, por lo tanto, los celos de los hombres" (1).

El mismo Amiel confiesa, cuando tenía treinta y nueve años: "Mi naturaleza ejerce un magnetismo especial sobre las mujeres más fuertes y voluntariosas, a las que domino sin proponérmelo, y se entregan a mí por instinto irresistible, como la leona a Androcles. Porque, al fin, soy yo quien recibe las declaraciones" (2).

Nadie podrá calificar de fatuas estas frases, conociendo el desfile de mujeres apasionadas y sumisas que rodearon hasta su muerte a este hombre, a quien alguien llamó, sin enojo suyo, "Recamier masculino"; y que aun después de su muerte, le guar-

(1) BERTHE VADIER: *Op. cit.*, pág. 53.
(2) *Journal intime*, I, pág. 139.

daron un culto imperecedero, como Fanny Mercier, a la que él llamaba "su viuda", y como Berta Vadier, ejemplos admirables de la capacidad de amistad amorosa del corazón femenino. Bouvier anota con perspicacia que en los numerosos idiomas en que ha aparecido el *Diario*, han sido casi siempre mujeres las encargadas de traducirlo y difundirlo (3); dato que contrasta con la hostilidad de las mujeres frente a las *Memorias* de Casanova, antípoda de Amiel (4).

La devoción femenina se le ofreció revestida de admiración sin sombra de crítica; de respeto de discípulos; de ternura filial; de previsión delicada como la de las madres. Alcanza grados heroicos de pasión en el caso de Philine, la única y fugaz amante genuina del escritor. El lector de la parte del *Diario* en que se refiere esta aventura se siente a cada paso tocado de disgusto, y a veces de indignación, comparando el gesto noble, de plena entrega desinteresada, de esta mujer con la actitud egoísta y reservada de su amante. Antes hemos transcrito el responso insólito que dedica a los catorce años de sus relaciones con esta amante tan paciente y tan femenina. En otra ocasión, al comienzo de sus amores, escribe como comentario a un paseo solitario con Philine: "He aprovechado la ocasión para continuar tranquilamente mis estudios de psicología femenina" (5). Con razón califica Jaloux (6) de odiosa esta frase, que resume toda la conducta de Amiel, cuarentón y artrítico del sentimiento, frente a una mujer de veintiséis años que él mismo nos describe como "bella, inteligente y melancólica" (7).

(3) BOUVIER: "Introducción" al *Journal intime*.
(4) Véase mi ensayo "Casanova", *Sagitario* (Buenos Aires), 1972, volumen 12.
(5) *Philine*, pág. 55.
(6) *Introduction de Écrits intimes*, pág. 26. ("Esta frase –dice Jaloux– es odiosa. Tanta y tanta precaución sólo podían conducir a la esterilidad. Faltaba a Amiel todo lirismo. Su ejemplo nos enseña que también la razón puede conducir a una catástrofe que la seriedad tiene sus naufragios peores aún que los de la locura.")
(7) 2 mayo 1859: *Philine*, pág. 49.

Es preciso leer las cartas de Philine (lo único desagradable de ella es el mote que le puso su amante) (8) para darse cuenta del grado de pasión frenética con que pagó la cordura pedantesca de Amiel. Toda la fraselogía del romanticismo más exaltado aparece en estas misivas llenas de "deseos de morir", de "holocaustos fervorosos de la vida", de "eternidades que sabría colmar con su amor", etc. Y, aparte del estilo de la época, hoy en baja, hay que conceder a este espistolario de Philine una gran belleza, comparable y aun superior, sin duda, a muchos de los trozos de literatura amorosa de su platónico amante. Philine, viuda, como hemos dicho, después de sólo tres meses de matrimonio, de condición humilde, con un niño muy pequeño, era inteligente e instruida, además de bella. Pintaba y escribía bien. Viajaba y era políglota. Su pasión larga, consciente e idealizada a la vez, renovada sin cesar, nos da una idea perfecta y amable de honda femineidad. Aun más que en sus epístolas se aprecia esto a través del *Diario* de Amiel, lleno de quejas malhumoradas a su volubilidad, a sus cambios, a sus arrepentimientos, que al lector le parecen tan sólo reacciones de una sensibilidad de mujer normal y delicada, ante la insoportable y egoísta reserva de su amigo. Pulcramente lo dice ella en una carta, respuesta sin duda, a alguna regañona de Amiel: "Mis desigualdades desaparecerán en cuanto esté a tu lado para siempre. Contigo mejoraré, me perfeccionaré, sin límites; porque a tu lado la saciedad y la desunión serán inconcebibles. No sabrás todo lo que valgo hasta que no pueda ser, junto a ti, todo lo que soy." Toda la razón, toda, no cabe duda, era de ella.

En ocasiones, la exaltación de su pasión llega a grados morbosos del fetichismo: "Eg –dice en una de sus cartas a Amadlr ludgo volveremos sobre este episodio– ha conversado piadosamente

(8) Este mote, desde luego, no fue el único. Otras veces la llama "Fidelio", "Delio", "Jovellina", "Blew", "M", "B", "X", o "Alguien".

un chaleco de terciopelo azul, tuyo, desde Berlín. Va a darme a mí la mitad. Yo le daré a ella una de las corbatas tuyas. Y ambas hemos decidido que si una u otra muriésemos, haremos que pongan en el féretro el terciopelo azul por almohada y la corbata alrededor del cuello. Yo guardo, además, la margarita de turquesas y el saquito de granates lleno de reliquias; y en mis horas de desolación me hace bien besar todos estos recuerdos" (9). Ningún Don Juan podrá, ciertamente, envanecerse de haber sido adorado de esta manera: tan apasionada y tan ingenua, tan llena todavía de los sollozos de Werther, que hoy nos hace sonreír.

Philine, la pobre, quería casarse con Amiel. En esta misma carta dice, después de lo del terciopelo: "¡Oh, llevar tu nombre, este nombre preferido a todos los de la tierra! No habrá ninguna mujer más orgullosa, más enloquecida que yo; ni más agradecida. ¡Y cómo te haré ganar el tiempo perdido! No permitiré ni las distracciones, ni los desfallecimientos, ni las languideces que con tanta frecuencia te paralizan" (10).

El ánimo voluntarioso y enérgico de Philine, tan necesario al vacilante y blando de Amiel, claramente diagnosticado en las líneas anteriores, estuvo a punto de captar la voluntad tímida del pedagogo y de vencer los refuerzos que contra la tenaz amante recibía él, como he dicho más arriba, de su propia familia. Estuvo nuestro escritor casi resuelto a aceptar este enlace que a los lectores de los documentos amielianos nos parece, en contra de su cuñado, el respetable pastor, que Amiel no merecía. Sabe-

(9) *Philine,* pág. 33.

(10) Al comienzo de sus relaciones con Philine, Amiel creía que ella no quería casarse. En mayo de 1859, después de uno de sus primeros paseos nocturnos con ella, escribe: "Es extraordinario esto de convertirse en el confidente y casi el confesor de una mujer de veintiséis años, bella, inteligente, melancólica, *y que no quiere amar más ni volverse a casar." (Philine,* pág. 49.) Evidentemente, Philine se presentó a Amiel bajo este aspecto desinteresado; pero ya hemos visto que no era sincera. Mujer de gran instinto, debió de comprender que a los tímidos se les atrae no con la entrega, sino con la previa negativa. Así también, Mme. de Warens con Rousseau: y por ello, Amiel llamaba a Philine, entonces, "su posible madame de Warens".

mos también que, al fin, tras un supremo esfuerzo de ella, se deshizo todo, y de qué manera desdichada.

Pues bien; todavía después de alejada la posibilidad conyugal, persistía su pasión, tornada en amistad, llena, como el amor de antaño, de acentos conmovedores, de sacrificio y de renunciación, casi imposibles de concebir en una mujer. Y así como antes repartía con otra amiga las corbatas y los terciopelos, ahora, eliminada su candidatura de esposa, pide, sin embargo, a Amiel que se case con otra, con cualquiera, para que no siga desfalleciendo en la soledad, y añade esto, casi mostruoso en la psicología femenina:

"1 de enero 1869. ¡Oh mi primero y mi último, mi único amor! Estoy sometida, resignada, dispuesta a todo. Tu voluntad será mi ley y mi alegría. Seré tu hermana, tu amiga, tu compañera, tu servidora, *la servidora de tu mujer,* todo lo que quieras. Dime "¡Vete!", y me iré; "Aléjate por un mes, por un año, para siempre", y obedeceré. Hazme vivir en un pajar, imponme todas las privaciones que te plazcan: con tal que sea cerca de ti, no me importa. Y todavía más: si para tu felicidad es preciso que no te vea, que no me cruce en tu camino, lo aceptaré también. Seré tu administradora, tu cajera: te libraré de todos los cuidados pequeños de la vida práctica. Mientras más me exijas, más contenta estaré. Perdóname tanta locura. Pero, a pesar de todo, a medida que pasa el tiempo, a medida que me siento más vencida, que aumenta mi esclavitud, aumenta también mi devoción hacía ti. Lo único que me importa es tu felicidad. La mía no me importa nada" (11).

Hay algo patético y, repitámoslo, algo de monstruoso; de contrafemenino, a pesar de ser ultrafemenino; de femineidad lleva-

(11) *Philine*, pág. 34. Obsérvese la imitación inconsciente que Philine hace en estos escritos de los últimos tiempos de sus relaciones, del estilo insistente, repetidor, de Amiel, de su "pasión por los sinónimos", tan justamente censurado por sus críticos. La misma Berta Vadier no está conforme con este "desfilar de regimientos de sinónimos".

da hasta el masoquismo, si se quiere, en este delirio de amor. Al año siguiente llega todavía a más:
"27 de septiembre 1871. (Letanías.) Mi amor querido, mi "unico", mi buen tesoro, mi buen amado, mi consuelo, mi confidente, mi maestro, tú, el único sobre la tierra que me ha educado, corregido, soportado, a quien debo toda la felicidad de este mundo; el que puede esperarlo y reclamarlo todo de mí. Yo soy tu obra, tu propiedad, tu cosa. Desde hace doce años era el interés, el centro, el motivo y la sustancia de mi vida. Daría todo lo que tengo, daría aún diez años, veinte años de sufrimiento y de martirio para que fueses dichoso. *Una vez casado, bórrame de tu vida, guardándome tan sólo un recuerdo cariñoso. Amaré a tu mujer y a tus hijos.*" Y en otro sitio: "Si te casas y mueres antes que tu mujer, conseguiré hacerme su amiga, y ayudarla en su viudez, educando a tus hijos, publicando tus obras" (12).
Amiel anota este mismo día en su *Diario*: "D. (Philine) ha subido a mis ojos en estos días. Descubro en ella nuevas fuerzas y nuevas cualidades. ¡Oh las *letanías* de esta tarde, qué intensidad de sentimiento, qué mar de perlas y de rubíes! ¡Qué fervor de plegaria! Asisto maravillado a este brote de pensamientos desde el corazón, a este manantial continuo de gratitud, de admiración, casi puede decirse que de adoración. Esto no se perderá (13).

El estómago en zapatillas

Esto era en Vitznau, en los días de compañía, en que ella jugó su última carta. A la noche siguiente –28 de septiembre– escribía Amiel: "¡Cuántas veces, en estos ocho últimos días, he estado tentado de pronunciar el *Quos ego* y de partir para Italia, con Philine, abandonando toda mi antigua existencia y comenzando la vida cosmopolita!" Y para explicar, por anticipado, su nega-

(12) *Philine*, pág. 30.
(13) *Philine*, pág. 304.

tiva, añade, dirigiéndose a sí mismo: "Te falta brutalidad. No se hace una tortilla sin romper los huevos. Como no quieres herir con intención ni molestar a nadie, te paralizas a ti mismo" (14). Una hora justa, después de esta crisis, Amiel, vuelto en si, escribe: "El cielo vuelve a aclararse. Tengo el estómago en zapatillas. Estoy abatido. La cabeza, pesada."

Philine se fue al día siguiente, después de llorar mucho en los brazos de este hombre de piedra. Comprendemos bien, aunque el *Diario* lo soslaya, su marcha, su huída. Estaba, sin duda, rendida, delgada, pálida, deshecha, cansada, con tos bronca, ojos hundidos y lacrimosos", escribe el mismo Amiel (15).

Luego –ya lo hemos dicho– tres años de amistad, cada vez más fría; y Philine desaparece.

No creo que ninguna mujer haya llegado más allá en esa selva oscura, nunca explorada del todo, de la pasión femenina; selva hecha, tal vez, de desinterés infinito y de ímpetu celoso de la posesión exclusiva.

Pero tampoco se ha alzado más recia, más inaccesible, frente a ella, la muralla de la timidez orgullosa del varón.

(14) *Philine*, pág. 304.
(15) *Philine*, pág. 300.

Capítulo once

Sombras femeninas

Los amores de Philine y de Amiel no fueron, como es sabido, los únicos del escritor ginebrino. La intensidad pasional que ella puso en esta larga relación y el hecho de que diera lugar a la única experiencia física en la vida amorosa de él, los hace particularmente interesantes. Pero tiene aún más importancia para mi demostración la repetición de este mismo homenaje fervoroso, bajo modalidades distintas en la energía y en la calidad, por parte de otras muchas mujeres que vagan, bajo iniciales y seudónimos diversos, a lo largo de lo poco que aún conocemos del *Diario íntimo*: Corina, Seriosa, Egeria, Urania... y tantas más, a veces contemporáneas y estrechamente amigas entre sí, rara vez celosas, y todas subyugadas, vencidas, por este buen hombre, achacoso, que, como dice Thibaudet, "se paseaba con su eterna bufanda blanca por la Traille".

Y, todavía, en torno de esas mujeresm con las que tuvo amistades concretas y largas, encontramos en el *Diario* rastros de muchas más, que ocuparon, tal vez, sólo unos momentos en la preocupación de su instinto, pero que, sin duda, contribuyeron a que al final de su vida pudiera decir él mismo que la mitad de ella la había derrochado con las mujeres. Una vez es "una morena esbelta, elegante, pálida" (1), a la que sigue como un muchacho por la calle; o bien otra mujer, que no nombra, a "la que da un beso", casi paternal al comienzo, convertido, conforme avanzaba, en casi apasionado (2); es decir, un beso de final de película, que le sugiere esta pregunta: "¿En un beso se puede robar un alma?" Y así podrían citarse muchas impresiones pasajeras más, salpicando su vida afectiva, entre las amistades y los amores

(1) *Journal intime*, I, pág. 176.
(2) *Journal intime*, I, pág. 68.

duraderos. Una noche (3) le impide dormir el recuerdo de la "hermosa rubia", a la que estuvo contemplando la noche anterior en el teatro. O le quita el sueño en París –"como años atrás en Friburgo"– una sombra femenina que se desnudaba en la habitación próxima, y que Amiel, ya de cuarenta y seis años, entreveía al otro lado de una cortina de muselina (4).

Esta preocupación insaciable de la experiencia femenina tiene, probablemente, una expresión subconsciente en su afán de dar nombres distintos a cada una de sus amigas. A veces es difícil seguir la huella de éstas en el *Diario*, por el constante cambio de seudónimos. Variar el nombre a una persona es un poco querer cambiar su personalidad, sobre todo cuando los nombre nuevos están llenos de sentido intencional, como ocurre en algunos con los que Amiel bautizaba a sus mujeres: Seriosa, Estoica, Egeria, Sorella, Urania. Sólo este aspecto de la vida amorosa de Amiel se prestaría a un estudio psicológico del mayor interés.

La edad crítica

El afán de investigación del otro sexo alcanza su intensidad mayor con ocasión de su proximidad a la cuarentena, época crítica de la vida, evidentemente adelantada en Amiel, ejemplar típico de climaterio precoz de varón. Caracteriza a este período el deseo, a veces tan irresistible que salta por encima de todas las represiones sociales y morales, de apurar la fruición sexual, próxima a desaparecer en el inexorable ocaso fisiológico. Ocurre esto, sobre todo, en las mujeres de vida sexual muy simple y en aquellos hombres que ven llegar a la vejez sin conocer o conociendo sólo en esquema el amor: tal es el caso de Amiel (5). Nuestro autor dice expresamente, a los cuarenta y dos años: "Mi cora-

(3) *Journal intime,* I, pág. 142.
(4) *Journal* inédito, publicado por J. L. LEÓN. *Op. cit.*, pág. 178.
(5) Véase mi libro *La Edad Crítica*. 2.ª edic. Madrid, 1925.

zón antes de ser enterrado se apresura a palpitar y se lanza a toda clase de novelerías" (6). El mismo sentido tienen los versos que compone, a los treinta y ocho años, al comienzo de su aventura con Philine:

Juventud, quieres decirme adiós
Sin que un día, al menos, la belleza
Entregándose llena de ternura,
La sienta palpitar entre mis brazos (7).

Es evidente que la influencia climatérica influyó mucho en el rumbo de sus amores en esta época. Antes hemos recordado la alusión que él mismo hace a las ideas de la *Crisis*, de Feuillet, como explicación de su conducta. Incluso, alguna vez, asoma en sus confesiones un ribete de perversión sexual, muy común en esta fase de la vida: la tendencia amorosa hacia las niñas, como puede verse en esta página, verdaderamente expresiva: "4 de agosto 1861. *He visto salir de la iglesia a unas lindas mujeres, y el sol delicioso sobre sus frescas vestiduras me removió amorosamente el corazón.* En la hora más cálida del día (a las dos) he subido solo a Pressy." "Los padres me han acogido amablemente; pero, sobre todo, me han emocionado las caricias de las niñas. *Tenía sed de ternura y de besos.* Lulú, como si lo adivinase, saltaba sobre mis rodillas. *Sus zalamerías infantiles me encantaron más de lo que me atrevería a decir,* y cuando, al marcharme, me ha acompañado hasta la cerca, la he besado casi con efusión, aunque con toda inocencia. *Hay, no obstante, algo misterioso en la atracción del beso.* Conozco dos o tres muchachas de corazón apasionado, sobre las que ejerzo influencia, que no me inspiran ni sombra de deseo; en tanto *que tal o cual otra niña me invitaría a cubrirla de besos de pies a cabeza*" (8). La visión de las mujeres,

(6) *Journal intime*, I, pág. 176.
(7) *Philine*, pág. 59.
(8) *Journal intime*, pág. 146. En Pressy vivía V.G., antiguo camarada suyo de estu-

transparentadas por el sol, enciende su líbido crepuscular, que se dirige después, sin darse cuenta, hacia Lulú (9).

dios, médico después. El acento sexual de la amistad con la pequeña Lulú (que BOPP cita, indebidamente, como un ejemplo de pura ternura hacia los niños: *Op. cit.*, pág. 301) venía ya de antiguo. Cinco años antes, y casi exactamente en la misma fecha (3 agosto 1856), hizo otra visita a Pressy, y escribe: "Lulú estaba más seductora que nunca y quiere, absolutamente, ser mi mujercita en cuanto se haga tan grande como su madre." *(Journal intime*, 1-103.) Otra noche en que tenia en sus rodillas a Philine, besándola con tal efusión que comparaba este beso en la boca a "un hymen poético", equipara por una analogía subconsciente a su amante con Lulú: "apelotonada en mis rodillas (Philine), como Lulú, miraba, con mis ojos, resplandecer la vía láctea" (6 agosto 1861, *Philine*, pág. 128).

(9) También es un fenómeno climatérico, ya señalado por mí en mi libro *La Edad Crítica, la aversión hacia la mujer, que empieza a dibujarse, entremezclada con el aumento exagerado de la líbido, alternando con él, como el flujo y el reflujo de la marea; y acentuándose poco a poco, hasta dominar el primitivo sentimiento. He aquí algunos ejemplos de esta evolución de Amiel; ahora sólo podemos señalar este problema de pasada:*

1869 (cuarenta y ocho años): "La mujer no es lógica sino por momentos y en la ofensiva. Es ilógica para las cosas que la conciernen". "¡Cuán lamentable es que la mujer esté así formada, que sea para cuanto la atañe un ser *sí* y *no* que oculta lo que desearía expresar y se desmiente desde el instante en que nos apoyamos sobre sus propias palabras!" *(Journal* inédito, publicado por J. L. LEÓN. *Op. cit.*, pág. 195.)

1874 (cincuenta y tres años): "La mujer, lejos de desconfiar de su propia pasión, se glorifica de ella; le es antipática la imparcialidad, la calma, el espíritu de justicia. ¡Qué sería de los Tribunales, Dios mío, si las mujeres regiesen!" "¡La mujer es la desolación del sabio!" *(Journal intime*, II-91.)

1877 (cincuenta y seis años): "La mujer es capaz de negar el sol en pleno mediodía." *(Journal* inédito, J. L. LEÓN. *Op. cit.*, pág. 242.)

1878 (cincuenta y siete años): "El sexo femenino es nulo y sería peligroso como juez, como legislador, como revolucionario, como fundador, como inventor. Conviene utilizarlo para todo, pero no dejarle la dirección de nada." "El progreso no se ha hecho por ellas, sino a pesar de ellas." "Se inclinan siempre por la distinción, por el favor arbitrario, por la desigualdad en los méritos. Su primer cuidado (si mandasen) sería arreglar una buena dictadura: la del cura y del artista." "El liberalismo en política y en religión es lo último que amarán y que practicarán las mujeres." *(Journal intime*, II-208.)

Y así, va enconándose el tono de este furioso florilegio del sexo débil. Y todavía, el 19 de abril de 1881, poco antes de morir, pone un grano de sarcasmo en su gratitud a la corte de mujeres que le asisten y le cuidan. "Lo curioso es que cada mujer se cree sola en su buena intención y se imagina tener una vocación exclusiva y única para salvar a quien le interesa. La idea de la coordinación, de la subordinación, de la inferioridad, no la puede comprender, porque la humillaría." *(Journal intime*, II-343.) ¡Qué exacto, por lo demás, esto último.

Fanny, la virgen viuda

Sería muy largo seguir el rastro de tantas y tantas mujeres, de todas las edades, como pasaron por la vida de Amiel. Ahora debemos recordar algunas de ellas, cuyas siluetas son necesarias para comprender bien nuestra tesis. Ante todo, hablaremos de las dos buenas amigas y semiamantes, a la vez fraternales y maternales compañeras, de Amiel: Fanny Mercier y Berta Vadier, "las posiciones de repliegue" –como las llamó Thibaudet– que le ayudaron a llevar la cruz de sus preocupaciones y de su vejez enfermiza, y que con tanta generosidad han contribuido a su renombre... y a su desfiguración moral. En la "Introduction" de Bouvier al *Journal intime* y en el libro de Bopp, tantas veces citado, están reseñadas estas dos vidas admirables. María de Cardona hizo recientemente, en una delicada conferencia, una semblanza generosa y romántica de Fanny, a la que, ya anciana, trató personalmente (10). A Berta ha dedicado un volumen Mme. Carmagnola-Richard, que hemos de citar copiosamente.

Fanny –María Francisca– Mercier conoció a Amiel en 1857, cuando él tenía treinta y seis años y ella veintiuno. El encuentro ocurrió en una de aquellas tertulias burguesas, con ribetes literarios y artísticos, con baile y juegos de manos y de cartas, que eran la delicia del profesor y que tanta parte tuvieron en su vida. En ellas desplegaban todas sus habilidades, incluso la de hacer juegos malabares con los cuchillos y las jarras y la de imitar el canto de las aves (11) como Ramón Gómez de la Serna. En esta reunión, nos dicen sus biógrafos, conoció también a la escritora sueca Federica Bremer, con la que tuvo asimismo largas y estrechas relaciones epistolares y afectivas, y con la que, a pesar de que ella

La tardía aversión al sexo es lo que une, al fin, a los hombres del tipo de Amiel con Don Juan.

(10) MARIA DE CARDONA: *Fanny Mercier*. Conferencia en el Instituto Francés de Madrid, 1931-32.

(11) "Era habilísimo en el arte de imitar a los animales". BOPP: *Op. cit.*, página 302.

le llevaba diez años, entretuvo otro de sus proyectos matrimoniales (12).
Fanny, según sus biógrafos, "no era bonita" (13), pero su retrato (tal vez adulador, aun cuando yo creo poco en la adulación de los retratos, que es sólo interés –y, por lo tanto, perspicacia y penetración– del retratista por la persona retratada; interés del que, naturalmente, no participa la mira superficial de los curiosos) nos muestra unos ojos admirables y unas facciones transidas de serenidad y de inteligencia y bondadosa armonía, que, unidas al pergeño y peinado, tan bellos, de la época, predisponen eficazmente a la admiración. No da la impresión de energía casi viril que nos cuentan de ella los que la conocieron, incluso el propio Amiel (14). Thibaudet llega a decir:
"En los semiamores de Amiel, especialmente en la categoría de morenas imperiosas que hemos catalogado bajo el patronato de Corina (15), la Naturaleza repartía frecuentemente a nuestro hombre la función femenina. Esta personalidad líquida de Amiel encontró en Seriosa (Fanny) su complemento viril" (16). Luego hablaremos del por qué de esta sumisión de Amiel a algunas de sus mujeres enérgicas. Lo que sabemos de Fanny es que, sobre un fondo de dulce femineidad, poseía raras virtudes de carác-

(12) La tendencia hacia las mujeres de más edad es típica, como veremos, en los tímidos influidos por la emoción maternal.
(13) BOPP: *Op. cit.*, pág. 322.
(14) "Lo que me atrae en Seriosa (Fanny) *es que existen en ella hermosas cualidades viriles:* la rectitud rigurosa, el amor a la verdad, el instinto de la justicia." (15 febrero 1874, *Journal intime,* II, pág. 92.) Se aprecia bien en estas palabras que Amiel, al hablar de la virilidad de Fanny, se refería a cualidades del espíritu; como cuando, inversamente, se reprochaba a sí mismo el ser afeminado. Cualidades morales, de tipo fuerte, protector, que apetecía su psicología de eterno hijo en busca de madre. Obsérvese que estas virtudes que encuentra en Fanny son, precisamente, las que, ya en esta edad, echaba de menos en el sexo femenino, produciéndole una irritación creciente contra él. Véase la nota (9) de la pág. 122.
(15) Corina fue otra mujer "morena, impetuosa y decidida" que Amiel conoció, de estudiante, en Nápoles, y con la que mantuvo también largas relaciones epistolares semiamorosas.
(16) THIBAUDET: *Op. cit.*, pág. 213.

ter entero, de voluntad, de rectitud, de inflexible austeridad en el cumplimiento de sus deberes –los suyos y los que, como toda persona de excepción, se creaba ella–. A todo esto, que no es más que personalidad recia y virtud inquebrantable, se le llama muchas veces, indebidamente, virilidad; tan indebidamente como se llama femineidad –antes lo hemos comentado– a la blandura sentimental del hombre.

Dirigía Mercier un colegio de señoritas, en unión de su hermana Paulina, y ambas, con su madre, vivían en un hogar serio y severo que Amiel, maniático de los motes, llamaba *La Isla Azul,* donde pasó, tal vez, las horas más en calma de su existencia. La devoción de Fanny por su maestro no tenía límites. Era en cada instante su compañera y su descanso. La admiración que le profesó no dejaba en su alma lugar para la crítica. En la Biblioteca de Ginebra se conserva un álbum en el que ella recogía y clasificaba, con amorosa minucia, todos los artículos de crítica y noticias publicados acerca de Amiel (17).

La serpiente entre las flores

Amiel sintió por Fanny respeto profundo (por consideración a su soltería no quiso leerle, en vida, su *Diario),* cariño y gratitud bien merecidos y expresados con insistencia y calor en el *Diario,* bajo nombres diversos: "Stoica", "Fida", "Seriosa", "Sensitiva", "Pequeña Santa", "Godula", la "Querida Calvinista", y, finalmente, lo que más la pudo halagar: "mi viuda". Y, como tal, le legó lo que él más amaba, el manuscrito del *Journal intime* y el encargo de editarlo después de su muerte. Es bien conocida la energía admirable, casi heroica, con que Fanny cumplió la voluntad del maestro, hundiéndose sin naufragar en el mar de cuartillas manuscritas, seleccionándolas –con el criterio ya co-

(17) BOPP: *Op. cit.*, pág. 285.

mentado y disculpado– hasta lograr verlo publicado y recorriendo triunfalmente el mundo. Se extinguió su vida, ya muy anciana, a los ochenta y dos años (1918), antes de que una crítica psicológica implacable empezase a disecar y hacer tambalearse el ídolo, a la pureza de cuya gloria había consagrado su existencia.

Esta alegría debió de compensar a su alma, tan recta y tan noble, de otras desilusiones, si es cierto que existieron. Un día –lo cuenta Amiel en su *Diario* (18)– lloró largamente sobre el pecho de él. Y él se pregunta con su habitual e irritante distracción: "¿Por qué ha llorado? *Lo adivino fácilmente, pero es demasiado delicado para expresarlo,* y, sobre todo, demasiado complicado en sus causas."

Tal vez –pensará el lector– el problema era muy sencillo, y Amiel hubiera enjugado estas lágrimas con menos sutileza y más generosidad. Pero toda su dulzura habitual con las amigas se trocaba –ahora como siempre– en barrera infranqueable en cuanto aparecía a la vista la posible esposa. Con toda frialdad, Amiel había ya decidido que a Fanny, a pesar de su rectitud, de su abnegación, *"le faltan muchas condiciones (económicas, médicas) para el matrimonio (19).*

Años después, cuando ella se aproximaba a los cuarenta, estuvo enferma de cuidado. Tal vez la sensibilidad nerviosa propia de este cabo difícil en la vida de las mujeres (20). Una tarde –siempre en septiembre– hablaron durante dos horas en Charnes bajo un nogal, frente al cielo azul. "Me maravilla –escribe él por la noche– leer en esta alma tan profunda y tan pura. Es como dar una vuelta por el Paraíso. Hace quince años (me ha dicho ella

(18) *Journal intime,* I, pág. 196 (25 junio 1865).

(19) Del *Journal* inédito, publicado por BOPP: *Op. cit.,* pág. 323 (3 abril 1872).

(20) "S***(Fanny) tiene hace tres noches pesadillas: se cansa en cuanto anda unos pasos; la voz se le apaga de repente; está débil, tronchada, extenuada; *pierde en una semana todo lo ganado." (Journal intime,* II, pág. 106.) Estos síntomas –sobre todo los bruscos cambios de peso– y la rapidez con que superó la crisis, confirman, en efecto, el carácter climatérico de la enfermedad.

esta tarde) que te estudio y creo conocerte: *necesitas ser protegido continuamente, porque eres demasiado confiado*, porque no has aprendido a recelar de nadie: la fuente de tu felicidad está en ti mismo, y como te basta hacer dichosos a los demás, no hay otro camino que dejarse amar por ti sin pretender serte necesaria, sin darte, en cambio, nada" (21).

¿Era ésta una última y delicada declaración? Tal vez sí; y tal vez la contestación, muy de Amiel, está en estas palabras, escritas siete días después, comentando el mal estado de salud de su "querida Calvinista": "Es casi imposible que no sucumba. Y esta extenuación *impide otros proyectos*. La tragedia circula bajo la égloga, la serpiente repta entre las flores" (22). Recuérdense también las frases, antes copiadas: "le faltan muchas condiciones para el matrimonio". Amiel da siempre la impresión del egoísmo disimulado bajo pretextos hábiles –aquí la enfermedad– y envueltos en una nube, a veces majestuosa, de retórica.

La indisposición de Fanny pasó; la tragedia, escondida bajo la égloga, no llegó a su desenlace; la serpiente desapareció de entre las flores. Y el amor de ella, sublimado, fue luego uno de los más hermosos ejemplos de la amistad y de la devoción humana.

Berta, la ahijada

La otra amiga ejemplar de Amiel fue Celestina Vitalina Benoit, bautizada por Amiel –la eterna manía– con el nombre de "Berta Vadier", que la ha hecho pasar a la Historia. También la designa en sus cartas y en sus notas diarias con los apodos de "Valberte", "Estella", "Urania", "Miss Azul", "Miss Valentine"..., y,

(21) *Journal intime*, II, pág. 105. En estas frases de ella, que repite Amiel, aparece también claramente el sentido protector, maternal, que tuvo el afecto de Fanny, como el de otras mujeres de nuestro escritor, y que más adelante comentaremos de nuevo.

(22) *Journal intime*, II, pág. 106.

finalmente, le da la categoría de "mi ahijada", como otorgó a Fanny la de "mi viuda". Era Berta una escritora de fecundidad "redoutable", dice Bopp (23). Versificadora facilísima, un poco ñoña, pero no carente de delicadeza, ardor y simpatía. Parece que publicaba hasta tres volúmenes por año. Tuvo una fama local, pero considerable. Además hacía música y era pintora. Se conocieron al volver ella de Viena, donde había sido institutriz en una familia de judíos ricos. Tenían entonces treinta y cuatro años ella y él cuarenta y nueve (1870). Berta le envió unos versos por consejo del poeta Petit Sem; y él le contestó al minuto y con una epístola en verso, tan larga y afectuosa, que nos explicamos la emoción de la neófita, deseosa de un simple consejo, ante esta explosión poética. Por parte de él, demuestra esta carta la exuberancia y sensibilidad con que su preocupación por lo femenino respondía al menor estímulo. Cualquier hombre de una cierta reputación en las letras recibe con gran frecuencia idénticas solicitudes de mujeres desconocidas; y cuando no se busca intencionadamente una aventura no se les contesta así. Se multiplicaron las cartas (24). Y así se estableció y subsistió durante los últimos diez años de la vida de Amiel esta amistad, de la que se encuentran, aparte de la correspondencia, huellas importantísimas en el *Diario*.

Berta fue guapa, por lo menos en su juventud (25). Insúa la cono-

(23) BOPP: *Op. cit.*, pág. 362. En la lista de las obras de Berta publicadas por Mme. Carmagnola-Richard, figuran: 17 volúmenes, 45 títulos de novelas publicadas en distintos periódicos y revistas y 50 comedias o proverbios.

(24) Publicados por J. Carmagnola-Richard cuatro años después de la muerte de Berta, ocurrida a los ochenta y cinco. *(Berthe Vadier et une correspondence inédite de H.F. Amiel.* Robert-Genève, 1925.)

(25) Físicamente, era bella criatura, de cabellera oscura, piel blanca y formas suaves, a la que admiraban todos al pasar. Un día oyó decir: "Hará desgraciados a muchos." (CARMAGNOLA-RICHARD. *Op. cit.*, página 12.) Debo a la amistad de M. Bouvier el conocimiento de los cinco retratos fotográficos de Berta que se conservan en los archivos de Amiel. Uno de los veintiocho años, con su madre; y cuatro más entre los veinticinco y treinta y cinco años. Uno está hecho en Viena, probablemente en la época de su estancia en esta ciudad, como institutriz; otro en Marsella; los demás, en Ginebra. Hay que reconocer que en ellos aparece bastante

ció de vieja y dice que su aspecto recordaba, "por su melena gris, masculina y romántica, a Concepción Arenal". Completaban el aire viriloide las "cejas pobladas" y la boca "guarnecida de bozo" (26).

Secretaria y novia

Bopp (27) supone que entre ambos amigos hubo, en algunos momentos de su relación, algo más que una intimidad platónica: por lo menos un beso, que él celebró después en un mediano poemilla. Y también, probablemente, y como de costumbre, surgió el proyecto matrimonial. La verdad es que la correspondencia y el *Diario,* sobre todo éste, al menos en su parte conocida, da la impresión de una amistad estrecha, cordial, pero principalmente literaria, aun cuando entrecortada por cálidas efusiones, sobre todo en los paseos por Charnex, donde nuestro profesor tenía la preocupación obsesiva, enfermiza, de verdadero Barba Azul, de pasearse para poetizar con cada una de sus amigas y para hacer con ellas equilibrios en la cuerda resbaladiza de sus diálogos semiliterarios y semiamorosos. Era su gabinete experimental (28). Es muy significativo que Philine, la mujer menos atractiva que en su autorretrato. Tal vez contribuyan a esta impresión los horribles vestidos y sombreros con que está tocada. Cara vulgar, con expresión voluntariosa de boca y mandíbula.

(26) INSÚA: *Op. cit.*, pág. 168.

(27) BOPP: *Op. cit.*, pág. 327.

(28) "*¿No es por Charnex por donde todas han pasado?* Eriphile, Philine, Trina, Nada, Valberte, Seriosa y la pobre L... y la bella G... El caleidoscopio da vueltas desde hace veinte años." *(Journal inédite,* citado por BOPP: *Op. cit.*, pág. 314.) Uno de los rasgos más interesantes de la psicología de Amiel es, en efecto, esta tentación de hacer desfilar por el mismo sitio a cada una de sus enamoradas, tentación, repetimos, de verdadero Barba Azul. Es sabida la fruicción morbosa con que algunos hombres relacionan todas sus anormalidades –y los criminales, sus crímenes– con un sitio forzoso. En la mecánica amorosa es también conocido el fetechismo del "mismo cuarto", de "la misma hora", del "mismo lecho" para todas las aventuras. No olvidemos lo que hay también de fetichista –fetichismo del ideal– en la psicología sexual de los hombres de la categoría de Amiel.

que quiso a Amiel con amor más parecido al de las mujeres de carne y hueso, tenía celos de Berta y sólo de lla. No le importaba que se casase con Egeria o con Fanny Mercier, pero no admitía la hipótesis del matrimonio con Berta. Su certero instinto femenino comprendía, tal vez, lo que no podemos comprender nosotros: lo que había sin duda de pura amistad, de sublimación en el amor de las dos primeras y lo que podía haber de pasión sexual auténtica en la Vadier. El lector actual de las intimidades de Amiel no se explica bien estas cosas. Pero lo cierto es que, para Philine, la rival era sólo Berta. He aquí sus propias palabras: "Toses desde hace cuatro años. Un invierno como los pasados sería irremediablemente perjudicial para tu salud. *Piensa en Eg. (Egeria) o en Ser (Fanny). Estudia bien la cuestión desde el punto de vista salud por lo que respecta a una y desde el punto de vista presupuesto por lo que hace la otra. Y trata de casarte antes del año nuevo." "Frecuenta más la sociedad de los hombres. Es lástima que un hombre de tu valor se gaste en comadreos femeninos." "Visita poco a Ur.* (Berta)*: será juicioso y prudente para ambos.* Ella no puede ser tu esposa y una unión libre te crearía una situacion falsa; *por otra parte, ella te quiere demasiado para que no te traiga todo esto alguna desgracia"* (29). Un año antes, Amiel, a su vez escribía: "Una cosa curiosa *es que Philine persiste en pretender que debo vigilarme, que todavía puedo perturbar los corazones,* que aún atraigo a las mujeres, sin querer, por una fuerza irresistible, y *que en especial debo guardarme de Ur.*(Berta)" (30).

(29) Cartas de Philine, en *Philine*, pág. 37 (27 septiembre 1871).

(30) *Philine*, pág. 272 (25 marzo 1870). Lo probable es que Berta pagase en la misma moneda a Philine. Era "la ahijada" muy afecta a las hermanas de Amiel, y debió de colaborar con ellas, por lo menos en la intención, a la oposición al matrimonio con Philine. Dentro de su rectitud se adivina este sentimiento en la única alusión que hace de esta mujer en su biografía de Amiel, alusión llena de desdén: "Dos años más tarde, acarició un momento Amiel otro proyecto de matrimonio, pero el profesor, dándose cuenta de que no sería de la entera aprobación de su familia, renunció a esta unión, *sin gran pesar creo yo."* (BERTHE VADIER: *Op. cit.*, pág. 147.) La verdad de la historia entre Amiel y Philine, antes relatada, no concuerda con este "puente de plata" tan sencillo que, según Berta, puso Amiel a la marcha de su novia.

Todos estos datos, tan significativos, nos desconciertan al cotejarlos con el tono cariñoso, pero realmente paternal y a veces depresivo, con que Amiel suele referirse a Berta Vadier. "Esta auxiliar, escribe, por ejemplo, me es muy útil, sin hablar de la gran ventaja de tener en ella, en lugar de una simple copista, un verdadero secretario simpático, inteligente y celoso" (31). No puede, en verdad, decirse nada más pálido de una mujer. Tal vez Philine, un poco exaltada, se equivocó en sus celos. Madame Carmagnola, la biógrafa de Berta, nos dice que el carácter de ésta era más propicio a la amistad que al amor y que tenía más inteligencia que sensibilidad (32). Quizá por eso el fino instinto de Amiel la descubrió desde el primer instante como mujer apta para su harén espiritual; incapaz de revolverse con exigencias o celos, como Philine o la terrible Egeria, de la que hablaremos ahora. Sin embargo, hay en sus escritos algunos indicios de que, a pesar de esta frialdad que le atribuyen, debió de sentir, a veces, la rebelión de su soltería. A los treinta y cuatro años, por ejemplo, escribió una poesía –que está, por cierto, muy bien–, premiada en un concurso, titulada "La vieille fille" (La solterona), en la cual se transparentan, sin duda alguna, sus propias preocupaciones. Signo también de inadaptación a su soledad sexual pudo ser la enfermedad que, como Fanny, padeció a los cuarenta y un años –"agotamiento, fiebre nerviosa"–, que curó con rapidez, y que tiene todo el aire de una crisis climatérica. Al fin, recobró la serenidad. Y en su etapa madura y en la dilatada senectud de que gozó, se ve afirmarse su conducta rígida, ajena a las pasiones del alma femenina; o, por lo menos, capaz de sojuzgarlas y hundirlas en lo profundo de su conciencia.

Bouvier, tan experto en la intimidad de Amiel, describe así la relación entre el profesor y Berta: "Esta amistad preciosa, hecha de amabilidad, de solicitud mutua, de admiración por la poesía y el arte, endulzó la inquietud y los males crecientes del autor

(31) *Journal intime*, II, pág. 209.
(32) CARMAGNOLA-RICHARD: *Op. cit.*, pág. 256.

del *Journal intime*, que definió el verdadero carácter de esta relación llamando a Berta mi ahijada" (33). El hecho es que, por la diferencia de edad entre ambos, por la independencia de carácter de ella y por otras razones, esta mujer, cualquiera que fuese el grado de su intimidad con Amiel, "tampoco respondía al ideal que éste tuvo de una esposa perfecta" (34).

Amiel se fue a vivir dos años antes de su muerte a la casa que Berta habitaba con su madre. Allí murió. Había en ella un saloncito azul, donde el pobre viejo, en sus últimos meses, se encontraba "como en un santuario" (35). En él hablaban de versos y de música, se leían sus obras y hacían pompas de jabón, juego que nuestro profesor encontraba "verdaderamente poético", y al que dedicó un pequeño poema y una página descriptiva, escrita con la mayor seriedad (36).

Berta Vadier –se ve muy bien en sus cartas, y, sobre todo, a través de los celos, ya comentados, de Philine– correspondía, como todas las demás mujeres de esta historia, con una afección generosa y desbordada, muy revestida de literatura, a la amistad cordial, pero llena de cálculos y limitaciones, del maestro. Este compensó a Berta –como a Fanny Mercier con el manuscrito del *Diario*– legándole al morir sus versos inéditos y dedicándole las últimas palabras que trazó su pluma, y que son éstas: "Mi ahijada me hace la lista de las visitas, me sirve de factótum, de secretario, de lectora. La madre y la hija rivalizan en celo desde hace tres meses y no consienten que nadie les ayude" (37).

Así termina el *Diario,* y gracias a ello –y esto compensaría de otras desilusiones a la generosa y desinteresada Berta Vadier– el recuerdo de la novia que se transforma heroicamente en secre-

(33) Nota a la pág. 210 del *Journal intime,* II.
(34) Véase BOPP: *Op. cit.*, pág. 328.
(35) *Journal intime,* II, pág. 279.
(36) *Journal intime,* II, pág. 257.
(37) *Journal intime,* II, pág. 346.

tario durará tanto tiempo como dure el *Diario* de su maestro (38).

Prestidigitación amorosa

Estas dos mujeres –Fanny y Berta– representan el triunfo femenino de Amiel. En ellas logró su instinto, aberrante por la excesiva diferenciación, todo lo que podía conseguir de la mujer. Sus fuerzas de atracción invencible captaban a estas mujeres: a éstas precisamente, de instinto sintónico con el suyo, y no a cualquiera de las demás. Pero, después, la timidez creada por su propia agudeza instintiva le impedía poseerlas cuando, rodando las cosas, la intimidad llegaba a inminencias candentes.

Era el momento crítico para él, el de "no dar" después de haber "amagado" hasta los límites más peligrosos. Y entonces resolvía la situación con un balance de las cualidades personales y sociales de la amante, en el que ésta, indefectiblemente, quedaba desahuciada como esposa. Pero, a la vez, intentaba un acto quirúrgico de singular delicadeza: la castración de la pasión normal y su sustitución, en el mismo instante, por un afecto de hermanos, en el que él ejercía un rectorado espiritual a cambio de una gerencia material, de cuidados y delicadezas físicas, por parte de ellas. Con habilidad de prestidigitador –la misma que tenía para juzgar con los cuchillos y los vasos en las tertulias– operaba el rápido y difícil injerto del nuevo sentimiento extrasexual en la herida sangrante de la pasión recién amputada.

Esta modalidad extraña y sutil del amor, probablemente común a muchos otros hombres de la categoría de Amiel, está explicada, de un modo impecable, por una de sus propias operadas,

(38) Berta Vadier, en su biografía de Amiel, responde discretamente a las dudas que sobre la calidad de su amistad con éste pudieran flotar: "El eminente profesor escribe, no era ya joven (cuando ella le conoció); la que le fue a buscar (ella) lo era aún y parecía serlo aún más. Esta diferencia de edades hizo que *la relación que se estableció entre ellos fuese, como es natural, sólo la de un maestro y un discípulo, de un tío y una sobrina.*" (BERTHE VADIER, *Op. cit.*, pág. 3.)

con éxito: Berta Vadier, en las siguientes palabras, verdaderamente capitales en este estudio:

"Las mujeres, y en general las mejores y las más distinguidas, se sentían atraídas hacia él por el encanto que trascendía de la pureza de su amor aún más que de sus atractivos externos. *Pero frecuentemente, el afecto que él daba, sin la menor malicia, inspiraba esperanzas, que después no quería realizar. En cuanto él se daba cuenta, hacía por destruir estas esperanzas, dentro de la mayor delicadeza y cortesía, pero no siempre lo lograba." "Fueron, precisamente, las almas más sinceras, las más afectas a él, las que se engañaron así y perdieron su vida en una vana espera: si puede decirse que una vida consagrada a un amor –noble amor aunque desgraciado– equivalga a una vida perdida. El corazón se emociona al pensar en estos amores nobles, verdaderos y decepcionados; pero a esta emoción no se añade cólera alguna contra el que causó tales tristezas, porque él no quería causarlas, sufría por ello y hacía lo posible por curarlas"* (39).

Con ingenuidad que conmueve, relata aquí Berta Vadier el proceso de su propia mutilación por este Barba Azul tímido y desgraciado, que en lugar de matar a sus mujeres las sometía a finos experimentos de cubileteo afectivo. En ella, cómo en Fanny, todo marchó bien; y los resultados fueron estos dos ejemplares admirables de amistad amorosa a prueba de sacrificio.

Pero otras veces, no: la víctima se resistía, la operación fracasaba y las horas de gustosa experiencia "sobre la psicología femenina", como decía él mismo (40), se tornaban en meses y años de inquietud, culminados por el rayo terrible de la venganza.

Tal le ocurrió con la mujer a la que bautizó imprudentemente, con el nombre de Egeria, la musa consejera, que acabó siendo vengadora, y que merece, por muchas razones, capítulo aparte.

(39) BERTHE VADIER, *Op. cit.*, pág. 143.
(40) Véase página 92.

Capítulo doce

La ninfa vengadora

En la parte conocida del *Diario* de Amiel y en su correspondencia pasa, fugitiva, entre los jirones de nubes de la literatura amieliina, la sombra de una mujer, Eg o Egeria, disfrazada de seudónimos o señalada por letras misteriosas, inadvertida, por ello, para los lectores y comentaristas habituales; pero en la que era fácil caracterizar el perfil de "la vengadora", indispensable en el argumento sentimental de estos hombres. Gracias a la bondad de monsieur Bouvier, depositario de la correspondencia del escritor, hemos podido leer las cartas de Egeria, sin las cuales la figura humana, real –no la fantaseada por la piedad de las amigas "conservas"– de Amiel quedaría incompleta. Sólo estoy autorizado para reproducir una parte de estos documentos. Faltan, además, las misivas de él, de las que son, casi siempre, respuestas las de Egeria. Pero no importa: con el material disponible basta para reconstruir la historia de estos amores, con un margen de error que no afecta en nada a lo esencial.

Esta mujer, cuyo pergeño físico ignoramos, había conocido a Amiel en Berlín y se sintió atraída hacia él por el mismo arrebato que envolvió a las demás mujeres que hemos visto desfilar por las páginas anteriores. Veinte años después conservaba todavía aquel chaleco estudiantil de terciopelo azul de su amigo, del que nos habla Philine en la carta comentada más arriba; el chaleco que partió en dos trozos para cambiar uno por la corbata que Philine guardaba a su vez como reliquia venerable. Se advierte en su correspondencia idéntica admiración hacia la persona física y espiritual del profesor de Estética que en todas las otras amantes de éste. En una de las cartas, contestando al regateo modesto con que Amiel recibía las frases apasionadas de Egeria, ésta escribe:

"No puedes convencerme de que yo te haya visto, como me dices, más hermoso, más grande, más puro, mejor de lo que eres en realidad" (1).

La táctica fracasada

Una más, por lo tanto, de sus amantes fanatizadas; sumisa como todas, al comienzo de sus relaciones pero más enérgica, menos ñoña que casi todas las demás. Volvió a Suiza, al parecer, después de larga ausencia, el año 1854, cuando Amiel tenía treinta y tres. Y reanudó con él una experiencia amorosa que duró un año –"triste año" le llama él– durante el cual ocurrieron todos los pequeños episodios de la táctica amorosa de nuestro héroe, hasta llegar al trance acostumbrado del intento de la transmutación del amor en piedad fraternal; esta vez con rotundo fracaso del hábil transformista. Todo lo puso éste en juego: las quejas de su debilidad, la necesidad de protección, la lectura en alta voz (uno de sus grandes recursos) mientras ella se reclinaba sobre sus hombros, la confidencia de páginas intencionadas del *Diario*, el paseo solitario al claro de luna, la despedida, el envío de libros y de versos, el beso apasionado, en fin. A todos estos resortes respondía del modo habitual esta nueva mariposa que revoloteaba en torno de su extraña luz. He aquí algunos ejemplos:
"Cuidate por mí. Tu vida es algo mío, debo vigilarla, mi buen Fritz. También para tu X los días pasados contigo fueron hermoso sueño; los dos últimos me han hecho infinitamente feliz" (2).
"Te sigo en tus peregrinaciones y espero que el pequeño descanso de Morgin te sentará bien, y luego volverás a mí. Quiero cuidarte" (3).
"Esta tarde estoy triste. Ayer mi cabeza se apoyaba sobre el

(1) Carta inédita, 31 julio 1854.
(2) Carta inédita, 23 agosto 1854.
(3) Carta inédita, 25 agosto 1854.

noble corazón de mi amigo y le escuchaba leer, y ahora estoy ya muy lejos.” Y termina con estas viñetas de la Suiza romántica: “Apenas el ruido de la diligencia se perdió en la lejanía, subí a mi cuarto” (4).

“Sabes que jamás otros labios que los tuyos se han apretado sobre los míos, y que ningunos otros lo harán. Por eso he podido ofrecerte sin remordimiento este beso puro y santo” (5).

“No se lo digas todo a tu *Diario*. Estoy celosa de él. Dime a mí algo también en esas horas de melancolía” (6).

“Temes demasiado a la maldad y demasiado al maldiciente, y muchas veces sólo a través del mal se llega al bien. No te desgarres, no te oprimas más; no te escuches vivir.” “Si yo estuviera en tu lugar, con tu navío, yo tomaría el timón e iría hacia delante. Los vientos son malos: está bien; naugrafo una vez, dos veces: adelante. Ríen desde la orilla, tanto peor para ellos: no los oigo y enderezo la barca hacia delante otra vez, dejando a la envidia detráas de mí. Cuando se parte decidido se llega siempre. Hay que combatir la indecisión, la incertidumbre: ¡son los escollos peligrosos donde naufragan los mejores navíos!” “No digas que te falta la esperanza. Tienes más cualidades de lo que tú mismo crees. Mas para saber si son de oro bueno las monedas hay que hacerlas rodar, hacerlas circular. Haz esto y no las guardes; gasta tu tesoro. El rico avaro es más pobre que el más pobre indigente. No quieres ocuparte de tus asuntos, no quieres hacerlo solo; y en mis sueños he pensado que un día tendría yo la dicha de ayudarte. No ha sido así. Podría aconsejarte un amigo, pero no lo encontrarás lo suficiente desinteresado para decirte el bien; y para censurarte. Pediría al punto su parte en tu gloria. Ese amigo yo sé que no existe” (7).

(4) Carta inédita, 14 septiembre 1854.

(5) Carta inédita, 5 abril 1855.

(6) Carta inédita, 26 mayo 1855.

(7) Carta inédita, 25 mayo 1855. En esta carta se expresa insuperablemente el sentido protector peculiar a todas las novias de Amiel.

Pero todo esto conduciría al matrimonio y no a ninguna otra cosa en esta mujer, de moral puritana como casi todas las que rodearon a Amiel (8). Y entonces surge la retirada de éste, apoyada en sus trincheras conocidas. Le habla, ante todo, de las "conveniencias sociales".

"Dime –contesta ella– tú, que conoces mejor el mundo que yo: ¿qué mal hay en que nos queramos? ¿Por qué no puedo hacerlo sin herir las conveniencias sociales? En vano busco el mal que pueda hacer en esto" (9).

Le habla también de la salud, no buena, de ella.

"Mi salud –responde Egeria–, en el estado actual de mi espíritu, no puede rehacerse; tampoco lo deseo" (10).

Y de la situación económica que el matrimonio les acarrearía.

A lo que ella replica:

"Oh, nunca he deseado las riquezas ni he echado de menos lo que tengo. Pero hoy quisiera poseer un reino para ofrecértelo a cambio de tu afecto. Los tesoros del alma y del corazón no son ya nada a los ojos del mundo" (11).

Y, al fin, como siempre, la invita a la amistad fraternal, con negativa enérgica de la amante.

"Escucha, Fritz: no me llames más *Petite Soeur;* no quiero ningún título, pero éste menos que ninguno; ya habíamos renunciado a él de común acuerdo" (12).

Era, pues, preciso terminar. Amiel le pide la devolución de su retrato.

"¿Por qué me pides ahora el retrato que hace más de un mes me diste? ¿No dices que tú no has cambiado? Esto, si eres libre, no te compromete, ni a mí tampoco. Dios querrá que yo me

(8) "Fuera del círculo familiar jamás he querido a nadie." (Carta inédita. 31 julio 1854.) Recuérdese también la carta del primero y único beso, en esta misma página.

(9) Carta inédita, 31 julio 1854.

(10) Carta inédita. 1 marzo 1855.

(11) Carta inédita. 18 marzo 1855.

(12) Carta inédita. diciembre 1854.

vaya pronto a mi *verdadera patria* antes que verte unido a otra mujer. Gracias a El, esto no tardará. Fritz: cuando ocurra, tu retrato y tus cartas te serán devueltos; los míos los quemarás (13).

Hace alusión en esta carta a su enfermedad y próxima muerte, que, desde luego, no ocurrió.

Y en los días sucesivos se resuelve con evidencia contra la serenidad egoísta de Amiel.

"Tus palabras, Fritz, confirman mi suposición, que tanto me entristece, de que faltan en tu corazón y en tu alma aquellas fibras que a mí me estremecen el alma y hacen latir el corazón."

"¿Cómo quieres que busque en otra parte mi vida interior si hace tanto tiempo que sólo vivo para tí? (14).

"Tú, el filósofo, eres el que debías decirme estas cosas. ¿Por qué con tanta frecuencia tenemos que cambiar los papeles?"

"Pero estate tranquilo: no pido a Dios nada imposible, ya que para El es posible todo; y me lo concederá, según mi fe. Lee en *La Imitación* el capítulo XXX del libro tercero" (15).

¡Pobre Egeria! Para aliviarse sigue los consejos de trabajar que le da su amigo y da "lecciones de inglés a la hija de su patrón" (16). Pero no puede más y, al fin, se marcha de Ginebra, escribiéndole, como despedida y en respuesta a una carta de adiós que él le envía acompañada del libro consabido: "No puedo escribir más. La fatiga y la tristeza de estos días me hubieran puesto fuera del estado de poder de viajar si Dios no estuviera conmigo. Que El te acompañe; que calme nuestro dolor y nos dé valor a los dos" (17).

(13) Carta inédita. 5 abril 1855.

(14) Carta inédita. 17 abril 1855.

(15) Es el capítulo titulado "Cómo se ha de pedir el favor divino y de la confianza de recobrar la gracia". ¡Con cuánto ahínco debía de leerlo ella! Sobre todo aquellas frases de náufrago que se hace a la última esperanza: "Cuando tú crees que casi to-
frases de náufrago que se ase a la última esperanza: "Cuando tú crees que casi todo está perdido, tal vez entonces tienes más cerca la ocasión de merecer."

(16) Carta inédita. 14 junio 1855.

(17) Carta inédita. 28 julio 1855.

Años de tempestad

Llegó el año 1859 –el de la aventura de Philine– y Egeria volvió a Ginebra, decidida, probablemente, a casarse con Amiel. La vida afectiva de éste adquiere, por entonces, el tono encrespado, climatérico, que hemos comentado ya. Sueña con el amor que no conoce, a pesar de haberlo visto, tantas veces, tan cerca: el amor que pronto se va a desvanecer. Lee, sin cesar, las páginas insinuantes de los poetas eróticos. Sus noches son de insoportable tentación. Y su instinto espoleado se agita entre Philine, la viuda recién llegada, y el viejo amor reverdecido de Egeria.

Al principio, el escritor debió de resistir a la llamada de su antigua novia, y le envió, como respuesta, un cuaderno del *Diario* en el que hablaría de su deseo de terminar la soledad de su vida; pero no con ella. Porque Egeria responde:

"Fritz, veo por el *Journal* que el consejo dado bajo el tilo de Savigny era justo y que persistes en tu deseo constante, en tu deseo íntimo, de acabar la vida aislada y egoísta que llevas; de no vivir más por tu cuenta y de olvidarte de ti mismo, en un ser amado." "En tanto que estés así indeciso, inconstante, flotando sin voluntad, sin ayuda y sin afectos, no harás nada grande, nada digno de ti, de tu genio, de tus inmensos conocimientos y capacidades." "Pero yo estoy de más; y si nuestras relaciones te han impedido hasta ahora crearte una unión seria y a propósito para tu corazón, esto llegará. No será entonces preciso que recurras a mí cuando estés triste, desanimado, cansado de la vida. Yo no soy, lo sé, el remedio; sólo el paliativo y la distracción. *Es preciso substituirme por la mujer que puedas amar;* y hacer dichosa a la que des tu nombre. La ocasión de conocer mujeres encantadoras no te ha de faltar. Pero no te aconsejes sino de tu corazón: *no hagas de ti una mercancía."* "Es preciso que un cariño estéril convierta en la causa de tu aislamiento y de tu tristeza." "Si mi presencia en Ginebra te crea dificultades, me expatriaré de nuevo: voy a ocuparme de ello. Nadie sabrá la causa de mi marcha. ¿Te parece bien?" (18).

Pero no se va: Probablemente, Egeria agotados los recursos directos, coquetea con su resignación y con su sacrificio. El, excitado, en su edad crítica y en sus meses críticos del otoño, le envía, al verla desvanecerse, nuevas quejas, dolido de su silencio.

"No –le contesta ella, cautamente–; mi pluma no se ha roto. Ojalá hubiera sido así hace años, porque me hubiera evitado muchos días cuyo recuerdo me hace aún sufrir." "Tu superioridad sobre mí es que has recibido *todo* de mi parte y tú no has sabido darme *nada*. Puedes, pues, prometer a otra mujer amarla con todo tu corazón y serás sincero. Me doy cuenta de que he cambiado mi oro contra tu papel sin valor; pero el reconocerlo no arregla nada. No he encontrado cloroformo a mi pena más que en la expatriación" (19).

Y como Amiel le ofrece el envío de nuevos cuadernos del *Diario,* ella le contesta que se los lleve él en persona: "El domingo por la tarde –escribe– estoy casi siempre sola." Acude, además, ella a escuchar sus lecciones, y más tarde sabemos que, al acabar, el maestro la acompañaba hasta su casa, despidiéndose los dos en el portal con extremos de novios adolescentes (20).

Las relaciones de Amiel y de Philine se estrechaban, por entonces, cada vez más. Pero la inquietud del buen hombre iba y venía de Philine a Egeria, sin atreverse a renunciar del todo a ésta, sin saber elegir el corazón en que posar el suyo. Todavía en julio de este año, próxima ya la fecha de su caída en los

(18) Carta inédita. 30 octubre 1859.

(19) Carta inédita. 4 diciembre 1859.

(20) En la carta de la ruptura definitiva, que luego comentaremos (4 noviembre 1860), dice Egeria: "Gracias por el programa. Me alegraré que tu curso resulte bien. Si Dios quiere, lo seguiré. Pero este invierno ya no me acompañarás hasta mi casa, ni volverán las dulces charlas, ni el adiós que tu mirada me pedía con tanto amor."

brazos de la viuda, escribe una carta a Egeria, en papel rosado, tan apasionada, por lo visto, que ella, desconcertada, le contesta así:

"Amor mío, ¿merezco todo lo que piensas de mí?" "Todo lo que admiras tanto de mí te lo debo" (21). Días después se vieron, y la actitud de Amiel era "la de un amante" (22). Otra carta de él, en agosto, "respiraba pasión y ternura" (23). Y el 4 de septiembre leemos en el propio *Diario:*

"Once de la mañana. Billete de Eg. *No hay comparación entre ella y las demás, porque es actualmente la persona del mundo para quien yo soy más, y su corazón es el que me ama con mayor perfección.* Es, pues, justo que cada cual recoja en relación con lo que se ha sembrado en él. Nadie tiene sobre mí más derecho que la "rosa azul", y estoy en deuda con ella" (24). La "rosa azul" es el mote, inevitable, con que designa en ocasiones a Egeria.

El viajero desilusionado

El billete de Egeria que le suscita esta reflexión, tan típica, de la psicología de Amiel, en la que clasifica a las mujeres con un criterio narcisista, según lo que le admiran y no según su propia estimación hacia ellas, era, sin duda, una cita: porque a las once y media de la noche del mismo día, unas horas antes de salir para Basilea, escribe de nuevo:

"Visita a Eg., que me ha parecido terriblemente ajada, a pesar de su mirada, aún bella. Se ha alegrado de mis propósitos de trabajo, etc." Y, como de costumbre, echa el jarro de agua fría de una gran tontería a lo que acaba de ocurrirle, que es lo

(21) Carta inédita. 15 julio 1860.

(22), (23) De la carta del 4 de noviembre de 1860 en la que ella hace la historia de estos meses.

(24) *Philine*, pág. 78.

más dramático que puede suceder a un hombre: encontrar envejecida, al cabo de los años, a la mujer a la que se amó en plena belleza; y a la que se sigue amando, fijada y como disecada, en la imagen primera, hecha de ensueños. Nada menos que esta tragedia terrible del corazón, sobre la que se ha escrito una de las novelas más admirables de toda la literatura, la *Educación Sentimental,* de Flaubert. En este trance, he aquí el comentario de Amiel: "He cancelado mis cuentas. Como siempre, no tengo memoria ni orden. Necesito arreglar mis maletas" (25). Es evidente que esta entrevista con la antigua amiga, marchita por las ausencias, la enfermedad y la inquietud, le llenó de decepción. Días después, en el aniversario de sus treinta y nueve años, al volver de un paseo nocturno, vio, o creyó ver, pasar a Egeria del brazo de un pretendiente. Anota este suceso como la muerte de una de sus más queridas ilusiones (26). Pero lo cierto es que él, a su vez, no paseaba melancólicamente sus preocupaciones solitarias, sino que iba del brazo de Philine y en conversación con ella, de tono tan ardiente que llega a producirle "un cierto asco de la voluptuosidad" y le hace "entrever la mentira de la poesía erótica" a la vez que "se siente confortado por la posibilidad –para él tan dudosa hasta entonces– del placer" (27). Sabemos ya que no tardó en tener la prueba real de esta sospecha optimista, el 6 de octubre, pocos días después de esta complicada noche de luna, con conjunción de parejas.

Egeria, tal vez alarmada por el efecto que este encuentro con su nuevo pretendiente pudiera haber hecho en Amiel –o espontáneamente, pues lo del encuentro no está probado–, intenta una última aproximación, y al día siguiente le envía un saco de viaje con las iniciales bordadas –L. W., las de ella sin duda–; "con ocho bolsillos –escribe él, en su *Diario,* con la

(25) *Philine,* pág. 80.

(26) El encuentro "me ha hecho experimentar una penosa desilusión". *Philine,* pág. 82.

(27) *Philine,* pág. 82.

pluma del hortera–; en una palabra, un saco modelo, inventado por el ingenio de la "pequeña hada", que creo haber visto anoche al claro de luna".

Sin embargo, a pesar del regalo, Amiel se decide, como era su costumbre, a rehusar este amor conyugal, y prudentemente anota, refiriéndose a Egeria: *"No tiene más que una parte de las condiciones que yo deseo para casarme. Lo referente a la instrucción, a la salud y a lo económico son otros tantos obstáculos insuperables."* Por otra parte, añade: "Su madre *quiere casarla* (con el pretendiente de la noche anterior) *y tiene razón." "*Hay, pues, que decirle adiós: no podemos vivir juntos; ni siquiera continuar las relaciones cordiales que hemos sotenido estos últimos años".

Pero todavía, sentenciada la pobre mujer, añade su verdugo estas frases, desconcertantes del cinismo: "Le he contestado con gratitud, poniendo una condición, para aceptar el regalo: *el saco debe ser nuestro y no mío*. Pobre Egeria; aún en contra mía, es necesario hacerla sufrir, porque lo único que quiere de mí es lo único que no le puedo conceder" (28).

Unos días después, paseando al claro de luna, esta vez solo, y después de haber tomado una copa de aguardiente de Danzig, ve iluminados los balcones de L. W. (Egeria) y piensa, con melancolía, en que tal vez esas luces alumbreb la fiesta de los esponsales" (29).

¿Cómo entenderle? A veces se piensa que la verdadera enfermedad de Amiel era la ausencia del sentido moral.

Rebelión y despedida

Egeria, sin embargo, no era una mujer de condición tan mansa como las otras amantes de Amiel. Ignoramos si en cierto que

(28) *Philine*, pág. 85.
(29) 30 septiembre 1860. *Écrits intimes*, pág. 90.

estaba en relaciones con otro hombre o si se lo figuró el buen catedrático para apoyar en terreno más firme su evasión sentimental (30). Lo cierto es que después de algunas visitas, un tanto turbulentas, al amante desdeñoso (31), Egeria se retira, escribiendo una carta larga y dura, de la cual son los párrafos siguientes, indispensables para el conocimiento de la vida amorosa de nuestro héroe.

Esta carta es respuesta a otra de Amiel, del 13 de noviembre, en la que él, sin duda bajo la influencia de la aventura candente con Philine, rompe definitivamente con Egeria, conminándola "a terminar en lo que queda de año este desgraciado asunto".

Hace, en su contestación, Egeria una larga historia de sus amores, rebatiendo los argumentos en que el escritor justifica su adiós. Es cierto que ella misma alguna vez le aconsejó que se casase. Pero era el mismo Amiel el que después la llamaba de nuevo. Sin esta iniciativa de él "no hubiera habido ni nuevas visitas, ni entrevistas, ni correspondencia, ni *Diario* prestado para su lectura, ni muchos dolores".

Otro de los pretextos de Amiel es que la que sea su mujer "ha de ser bien recibida en su medio, en su clase, por sus parientes", y éste no era el caso de Egeria. Y ella le contesta: "¿Merezco este insulto? Jamás he dudado de tu superioridad personal, de tus altos conocimientos y de mi humilde ignorancia. Pero si hablas de posición social, no sabré decirte cuál de los dos, entre tu padre y el mío, han ocupado un lugar más alto en la sociedad y cuál ha merecido más de la patria."

"Yo hubiera querido –añade luego– hacer cambiar la opinión que tienen de ti las personas que te conocen o que creen

(30) Al referir Amiel en su *Diario* el encuentro nocturno, ya citado dice: "A la vuelta he encontrado *(por lo menos así lo creo)* a Egeria del brazo del hombre que la pretende." Ella, en la larga carta de despedida, en que hace toda la historia de sus amores con gran desenvoltura y claridad, para nada se refiere a este otro amor o intento de matrimonio sugerido por su madre. No parece, pues, que fuera verdad.
(31) Carta inédita de noviembre de 1860.

conocerte. Muchas veces he sufrido oyendo (sin poder decir nada, por respeto a ti) lo que pensaban de tu persona. Me hubiera sido fácil demostrar que no eras el hombre frío, duro, sin corazón, falso, vanidoso, egoísta, no amando a nadie más que a ti mismo, no viviendo más que para ti, orgulloso, presumido, pedante y no sé cuántas cosas más que te atribuyen, y cuya falsedad demostraría yo. No podré hacerlo ya. Tu conducta respecto a mí me parece ahora que justifica esa opinión y que da la razón a tus enemigos; y en esta palabra incluyo a los que se dicen tus amigos, aun los más próximos a ti."

"Si no fuera, en estos instantes, inoportuno aconsejarte, te recomendaría –ya lo he hecho otras veces– *que te dejes conocer mejor*. Has hecho lo posible por hacerte impenetrable y lo has conseguido tan bien, que para conocerte se necesita quererte como yo y leer tu *Diario*. Esto sólo era posible a *tu prometida*."

"Concluyes asegurándome que no eres mi prometido. No; no lo eres. Eres completamente libre; retiro mi frase del "compromiso tácito". Desdichada la mujer que se una al hombre capaz, como tú, de decir "la suerte está echada" y "ella sólo me proporcionaría penuria, trastornos, cuidados, ansiedad, rozamientos". No, yo no soy esa mujer; yo te llevaría otras cosas que ésas; pero cosas, ¡ay!, que en nuestros días no tienen valor numerario."

"Encuentras honorable decir hoy: "amigo era, amigo quedo". No es verdad; no eres amigo. Tú mismo me lo has dicho y lo sabes muy bien. Un amigo, un hermano, no puede y no debe ocupar el sitio que tú has ocupado voluntariamente junto a mí."

"¡Cuántos esfuerzos para acabar esta carta! Y, sin embargo, quisiera que no se acabase nunca. Porque después de ella está la nada."

A la devolución de los objetos que, de nuevo y perentoriamente, exige Amiel, le responde Egeria:

"Dicen que debemos devolvernos todo. No; yo no devuelvo nada. Deja eso para otras gentes. Me sería imposible volver a ver las cosas que te he dado en los días de felicidad. Si no quieres guardarlas, haz con ellas lo que te plazca. Yo guardaré cuanto he recibido de ti. En todo ello están los años de mis años mejores." "Tu retrato es mío. No me lo diste prestado. Y lo guardo. Tarde o temprano te será devuelto con todo lo demás."
"¡Qué tristeza, después de doce años de relaciones, escribir por la última vez y no deber olvidar nada!"
"Poco más tengo que decir de mí. Si Dios lo permite, seguiré en Ginebra hasta marzo, hasta que mi madre esté bien instalada. Entonces partiré para B. (¿Berlín?), de donde me llaman. No sé si volveré a encontrar allí la paz del corazón y el gusto de vivir, o si allí, como aquí, acabaré miserablemente el resto de mis días."
"En todo caso, es doloroso para los dos vivir cerca y no vernos, y me parece que, por el momento, mi pensamiento te importuna, y que, en fin, no te enfadarás cuando sepas que he partido."

Yago

Se fue, dejando a Amiel en los brazos de Philine, pero sin resignarse a convertirse en la hermana asexual. Y entonces se inicia la fase más singular de la historia de estos amores. Egeria, en efecto, comienza a meditar una venganza contra el hombre extraño y desdeñoso digna de su categoría. Imagina herirle con el propio puñal que la ha herido a ella. Y, sutilmente, se acerca a la amante afortunada, a Philine, y la envuelve en la red de una rara amistad. Amistad entre diversas amantes, no única en la historia de Amiel, y que recuerda a la que une a las mujeres de los harenes; o aquellos sacrificios de amor de los libros de caballerías, en los que dos amantes olvidaban sus celos y se unían en amistad y colaboración para aumentar la felicidad del amado. Pero no era éste el caso de Egeria: en la sombra, despechada, tramaba su venganza contra el profesor. Poco a poco va captando la voluntad de Philine y convirtiendo diabólicamente en púas –en sospechas, en irritación, en celos– las flores sumisas y dulces de su adoración por Amiel. Dos años después de esta fecha, en 1871, Philine está cada vez más nerviosa, y atormenta con las altas y bajas de su humor la existencia egoísta de su amante. Este se inquieta. No puede soportar las alternativas de su pobre esposa de un día, que después de aquella única entrega sigue esperando, durante diez años, inútilmente. Y entonces descubre que es Egeria la que irrita a su amiga y enreda el argumento, hasta entonces pacífico y sentimental, de sus amores. El *Diario* nos dice el 7 de julio de 1871:

"Siete y media de la mañana. Algunas líneas de una carta de Egeria citadas por Blw. (Philine) me prueban que es siempre ella la que le inspira la duda: ya me lo suponía yo. Por eso esta eterna investigación de que soy objeto (por parte de Philine), estas sospechas latentes, que se agudizan de tiempo en tiempo. La más pequeña inexactitud de memoria mía se convierte para ella en la prueba de una mentira. ¡Oh!, *el odio de una mujer es como la Inquisición,* por su vigilancia persistente e implacable. *Egeria, que me ha hecho perder tantos años de mi juventud, envenena ahora los años de mi virilidad: ha sido la fatalidad de mi vida.* Ha sufrido, es cierto, por mi causa; pero me lo devuelve con creces" (32).

¡Obra maestra del despecho de Egeria! La propia Philine convertida en tortura de quien la desdeñó. Y ella misma remacha el clavo hundido en el alma vacilante del valetudinario con cartas llenas de enconada acritud.

Estas últimas carta de Egeria a su antiguo amante son te-

(32) *Philine,* pág. 289.

rribles de implacable sarcasmo; a veces desconcertantes respecto a la calidad de la relación que logró con Philine. Una de ellas termina así: "Déjanos que nosotras (Philine y ella) nos veamos con gusto." Y firma así: "Su amiga (de Philine) y un poco la tuya *X (Egeria)*" (33).

Otra vez: "Fritz, cuando no sé por qué voz interior supe que "ella" y tú estabais unidos de corazón, traté entonces de arrancar del mío lo que aún quedaba en él de ti; la lucha ha sido más ruda de lo que esperaba." "Después del combate, vencí y he podido uniros en mi corazón y ya me es dulce volver a veros." "Amigo: he llevado a *ella* este afecto ardiente que jamás me he dejado arrancar por estímulos triviales. Ella es todo para mí y en muchas cosas encuentro en ella tu discípula. Es menos mujer que yo y esto hace nuestra armonía perfecta." "Pero puedes tranquilizarte: por fuerte que sea nuestro cariño, esto no disminuirá el amor que *mi* Ph. (Philine) querida guarda por su amigo." "He ensayado convencerte de que Ph., *nuestro querido anillo,* tiene buena parte de mi corazón: lo cual es un poco dártelo a ti."

"Comprendo tu amor por Ph., y cuando estoy a su lado ella me confiesa cien veces al día su amor hacia ti. Pero no concluyas de esto que yo ocupo tu lugar. El amor tiene sus misterios y guarda sus secretos." "Os amo tiernamente a los dos. Dejad, pues, en mi presencia ese embarazo que me ofende. Y tú, amigo, no te separes nunca de Egeria por el beso glacial del día 14, que ha quedado como un témpano sobre mi corazón." Y termina de este modo extraño:

"Perdona, amigo, esta larga carta. Pero Egeria no podía quedarse con todo esto en el corazón. He sido ingrata para ti y para ella: la que ha hecho tantos esfuerzos generosos para acercarnos" (34).

Parece claro el sentido de estas palabras, a pesar de sus perífrasis y seudónimos: con su juego sutil de Yago femenino, Egeria

(33) Carta inédita. 21 marzo 1868.
(34) Carta inédita. Octubre 1868.

consiguió martirizar la vejez prematura de Amiel, hincando y revolviendo en su instinto desconcertado, como un puñal en una herida abierta, la nerviosidad de Philine, que ella misma atizaba. Y, todavía, insatisfecha, le robó la rival, envolviéndola en las redes de una amistad equívoca: hazaña digna de ser cantada por los poetas depravados que Amiel leía en sus noches de atormentada castidad.

Cuando, al fin, en 1878, sobrevino la ruptura del escritor y de la viuda, él supo por la "cara sombría" con que Egeria, la vengadora satisfecha, le miró al cruzarse al azar en la calle. Esta mirada singular, brillante y fría, es lo último que sabemos de ella; pasa como un relámpago por el *Diario,* fatigoso y vulgar, con un resplandor de tragedia grande, que es, acaso, la única emoción humana fuerte de sus páginas, embutidas de tanta y tanta nimiedad hipertrofiada por su egoísmo.

La vida amorosa de Amiel había terminado a manos de esta ninfa implacable: la única víctima del inofensivo Barba Azul ginebrino que se atrevió a rebelarse contra él.

Egeria debió de morir poco después.

Capítulo trece

El secreto de la atracción

El lector, tras los capítulos precedentes, tendrá por cierto que Amiel ejercía una atracción fuera de lo común sobre las mujeres, o al menos –esto es más exacto– sobre una categoría especial de mujeres. Esta atracción, que lleva a veces a sus víctimas a extremos delirantes, es incompatible con la hipótesis de una timidez vulgar, por conciencia de una inferioridad efectiva. Su única explicación es la de la afinidad específica entre individualidades sexuales muy agudas. Intentemos precisar esta explicación, ya esbozada a lo largo de cuanto llevamos dicho. Para ello hemos de examinar los posibles motivos de esa atracción de nuestro héroe. Empezaremos por los de orden morfológico.

Su amiga y biógrafa Berta Vadier, pudiéramos decir que en representación de todas sus adoradoras femeninas, describe los encantos físicos y el poder fascinador de Amiel en un retrato tan pueril como interesante (1). Ya hemos citado antes algunas de sus frases. Helo ahora completo.

"Era hermoso. Tenía la gracia y el encanto heredados de su madre, y ya (en su juventud) muchos corazones palpitaban ante su mirada dulce y profunda; para muchos, magnética. Su natural distinción, la elegancia de su persona y de sus maneras, su educación exquisita, su respeto para las mujeres de edad, su reserva con las jóvenes, su amabilidad con todas, el agrado de su conversación, su talento de lector, su habilidad para romper esos silencios que a veces se establecen en las reuniones, como si un hada maligna hubiera encadenado todas las lenguas; su ingenio para inventar los pequeños juegos que llenan los vacíos de la conversación; todas estas cualidades agradables, unidas a otras serias,

(1) BERTHE VADIER: *Op. cit.*, pág. 52.

le abrían inmediatamente los salones. En todas partes era acogido y festejado el amable peregrino que hablaba de la bella Italia, que tan bien había sabido ver, y que entonces no era tan fácil de recorrer como ahora. *Desde entonces empezó para él el favor de las mujeres y también la envidia de algunos hombres."*

He aquí ahora la versión de los hombres hecha por el principal biógrafo de su espíritu, discípulo de Bouvier, saturado, por lo tanto, de la realidad íntima de nuestro héroe (2):

"Amiel poseía toda suerte de los pequeños y agradables talentos de sociedad. No había en él nada de pedantería doctoral en cuanto se encontraba en un salón a su gusto y en vena de expansiones. Sus anagramas, sus sorpresas, sus charlas, sus bagatelas, todo eso, en fin, que decimos que divierte a los niños, pero que entretiene también a los grandes lo poseía de un modo inacabable. Su conversación era ingeniosa, animada, a veces sorprendente. Sus lecturas, deliciosas, en voz alta, encantaban a los que le oían. Cuando iba de excursión tenía inagotables amabilidades para cuantos le acompañaban. En una palabra, era un hombre educado, delicado y simpático; sobre todo –como les ocurre a ciertos nerviosos– cuando quería ser agradable a las personas desconocidas."

Es evidente que estas apologías amables no pueden darnos el secreto de su atracción amorosa. Haciendo juegos de manos, recitando versos y dirigiendo frases melifluas a las damas puede conquistarse la estimación de los cronistas de salón, pero no se encienden pasiones de la magnitud de las que hemos analizado en los anteriores capítulos. Tampoco nos sirven las hipótesis que el propio Amiel aventura, sorprendido de sus buenas fortunas femeninas, y que, como antes hemos visto, persistían, por declaración explícita de una de sus mujeres, hasta los linderos de la vejez. *"¿Es* –dice– *que soy algo poeta y algo adivino?"* "¿Es que doy la ilusión del talento unida al desinterés?" Y en otra ocasión:

(2) BOPP: *Op. cit.*, pág. 816.

"Si no he hecho nunca gran impresión a los hombres, he sido, en cambio, muy amado por las mujeres. Esto me resarce de aquello. ¿Y por qué me han amado? Porque encuentran en mí lo que necesitan: la fuerza de espíritu, la delicadeza de corazón, la dulzura, la discreción, la fragilidad. Se sienten comprendidas, envueltas, protegidas, y aunque generalmente me han pedido demasiado desinterés y demasiado exclusivismo, de todos modos saben que pueden reposar en mí y que soy un verdadero amigo de ellas. No sé por qué me ocurre esto de recibir las confesiones femeninas, de ser tomado como director y confidente de mujeres, incluso en contra de la inclinación amorosa. Esto me ha ocurrido varias veces; por lo menos seis. Se diría que es mi especialidad. Desde mis veinte años, cuando mi viaje a Italia, he tenido siempre que servir de confesor y vivir en la intimidad del alma de alguna mujer. Viudas, mujeres maduras, muchachas, abuelas. Todas me han abierto el santuario de sus pensamientos más secretos. He sido un director laico, espontáneamente elegido por las penitentes. Sé del trasfondo del sexo femenino casi tanto como un cura experimentado."

No; nada de eso hiere con tanta agudeza las fibras más profundas de la femineidad. La razón hay que buscarla –no me cansaré de decirlo– en la atracción específica, misteriosa, indefinible, suscitada por la gran virilidad de Amiel y simbolizada en la categoría de semidiós que le daban sus apasionadas –y resignadas– amantes.

Sintonización de los instintos

El sentido específico de esta atracción de la mujer hacia nuestro héroe se hace patente por lo que pudiéramos llamar el fenómeno de contraprueba, a saber: por el concepto de insignificancia y vulgaridad con el que, por contraste, apareció siempre Amiel a los ojos de los demás hombres, como ya indica Berta Vadier y él mismo reconoce en las citas de ambos que acabamos de hacer.

Los hombres de especificidad sexual incompleta, como le pasa a Don Juan, comparten, en cambio, la admiración de las mujeres con la de los hombres: como que están, sexualmente, equidistantes de los dos. El hombre –luego insistiremos sobre ello– contribuye con su fervor, más o menos disimulado, a la entronización donjuanesca tanto o más que las propias mujeres. De igual suerte, las mujeres de femineidad muy acusada, las que despiertan las pasiones profundas de los hombres –las pasiones calladas y dramáticas, no las que andan en las lenguas de los corrillos–, suelen producir extrañeza y asombro en las demás mujeres, que no se explican la revolución que causa en el otro sexo su insignificante compañera. Es evidente que en tales casos, y en uno y otro sexo, existen valores escondidos de alto sentido específico que sólo son captados por individuos del sexo opuesto, cuya sexualidad, también muy aguda, sintoniza con la del hombre o la mujer interesante. Es extraordinario hasta qué punto la agudeza del instinto adivina estas cualidades de gran jerarquía sexual en individuos enteramente vulgares en su apariencia morfológica y espiritual y en su conducta social.

En el caso de Amiel, esas mujeres que sintonizaban con su sexo superdiferenciado, se rendían a él para toda la vida, a prueba de desdenes y frialdades, salvo algún caso excepcional de rebelión tardía, como el relatado antes, de Egeria. Para esta categoría de mujeres apareció siempre como un maestro rodeado de un halo místico, casi divino, que, favorable o adverso, no se apagaba nunca. En cambio, los hombres no le dieron jamás otra categoría que la de un pedagogo y escritor vulgar, a ratos estimable y con frecuencia insoportable.

Indiferencia e irritación del medio

Sin su *Diario,* el recuerdo de Amiel hubiera desaparecido, entre la indiferencia de todos. "He aquí un hombre –dice Thibaudet (3)– sin biografía, sin historia." Este mismo autor cuenta que varios de los que fueron sus discípulos, hoy hombres sexagenarios, le han referido el concepto, completamente ridículo, que tenían de este profesor cansino, rodeado siempre de solteronas, y entretenido, cuando holgaba, con puerilidades como las de lanzar por las ventanas pompas de jabón. Su compañera habitual en estos juegos, Berta Vadier, dice "que los colegiales estaban encantados de ver a todo un señor profesor de la Universidad divirtiéndose como si fuera un muchacho" (4); pero acabamos de ver que era muy otra la impresión que el señor profesor hacía en la juventud. La crítica directa y aguda de los mozos no se suele templar, como la de las mujeres amantes, por ninguna complicación afectiva.

Antes he referido la tan repetida actitud de Scherer cuando le hablaron del *Diario,* a poco de morir Amiel: *a priori,* habiéndole conocido, aquello no valía la pena ni de ser revisado. También he anotado el concepto que todavía perdura en Suiza, en ciertos medios sociales, sobre la insignificancia de nuestro autor. No hace mucho que recibí la visita de un conocido profesor de una Universidad helvética. Estaba yo, justamente, rodeado de documentos sobre el autor del *Journal intime.* Y al referirle mi propósito de escribir un estudio sobre su vida, me respondió: "No me explico el interés que despierta todavía ese cretino" (5).

Hay, evidentemente, un fondo de irritabilidad colectiva y subconsciente en estos juicios de los hombres ante los éxitos femeninos, sobre todo los descubiertos póstumamente, del vulgar profesor. Todo ello es natural. Los hombres no le comprendieron ni le admiraron por las mismas razones –incluso por los mismos de-

(3) THIBAUDET: *Op. cit.,* pág. 118.

(4) BERTHE VADIER: *Op. cit.,* pág. 253.

(5) Una de las guías de Ginebra más modernas y serias encomia la ciudad como vivero de grandes artistas y no cita a Amiel. Me la enseñó, con desconsuelo, en el tren, camino de Suiza, un viajero –no suizo, claro– que iba a la patria del autor del *Diario,* de quien era entusiasta, para vivir en su ambiente y releer delante de sus mismos paisajes.

fectos– por los que fue adorado por las mujeres, o, mejor dicho, por un grupo de mujeres. Sólo el sexo afinado de ellas podía percibir lo que había de categoría superior en este varón, descarriado y revestido de timidez.

Hay también en esta actitud, desdeñosa para Amiel, de algunas gentes, sobre todo compatriotas suyos, una reacción elegante contra la fama alcanzada por un hombre de tanta mediocridad social, y también contra sus mujeres, reclutadas entre las de categoría de institutriz o maestra de escuela. No son estos tipos, ciertamente, los protagonistas ni las heroínas habituales de las novelas interesantes. ¡Qué se le va a hacer! Hace mucho tiempo que el interés de la Humanidad se nutre de la sustancia de esa burguesía, no pintoresca, inelegante y gris, en la que crecen sin resplandor, pero con eficacia, los catedráticos de Liceo y las institutrices.

Capítulo catorce

Error de la interpretación donjuanesca

Ahora resulta en toda su nitidez el error de los que comparan a Amiel con Don Juan. La comparación es, en apariencia, lógica. Amiel pasó su vida obsesionado por la preocupación femenina, y como hemos visto, no sin fortuna, por lo menos en el orden de los afectos. Por ello no nos extraña que la idea de Don Juan surja a cada instante, desde sus primeros comentadores. Brunetière, a poco de morir nuestro profesor, decía de él que era "tan sólo un vanidoso, un egoísta, un epicúreo, un *Don Juan*" (1). Marchessi dice también: "Era un alma austera y a la vez *tenía algo de Don Juan*" (2). Y Thibaudet: *"Es un Don Juan,* porque las mujeres parecen preocuparle mucho, tanto como él preocupa a las mujeres" (3). "Las malas lenguas de Ginebra *le hacían pasar por un Don Juan hipócrita"*, comenta Bopp (4). Para Juan de la Luz León, Amiel fue un Don Juan auténtico, pero "casto y púdico; *un Don Juan que seducía y no conquistaba"* (5): éste es, puede decirse el motivo central del interesante libro de dicho autor. No hay que confundir. Un hombre rodeado de mujeres puede ser otras muchas cosas que un Don Juan. Puede ser, como Amiel, un tímido por supervirilización, lo que equivale a ser casi un "antidonjuán". Don Juan, como hemos dicho más arriba, busca cínicamente en cada mujer el sexo diferenciado. El supervarón busca a través del sexo a la mujer única, a la superdiferenciada, y no la encuentra nunca. Algunos involucran las cosas. Así Lenau (6) dice: "Mi Don Juan no es un hombre sensual, eter-

(1) BRUNETIÈRE: "H. F. Amiel", *Revue des Deux Mondes*, Juin, 1886.
(2) MARCHESSI: *Op. cit.*, pág. 14.
(3) THIBAUDET: *Op. cit.*, pág. 137.
(4) BOPP: *Op. cit.*, pág. 304.
(5) J. DE LA LUZ LEÓN: *Op. cit.*, pág. 117.

namente preocupado en cazar mujeres. En él alienta el afán de encontrar la mujer única que encarna la femineidad y en la cual podrá gozar de todas las mujeres de la tierra." Sin duda, yerra el autor. Este Don Juan, de Lenau, "buscador del ideal", es el hombre tímido de puro refinado que estamos estudiando. Cierto que, vistos de lejos, se confunden.

El mismo Amiel se da cuenta certeramente de la incorrección con que su modalidad erótica ha sido clasificada de donjuanesca, en este pasaje:

"23 mayo 1879. Para mí no hay regalo espiritual más atrayente que *leer en el fondo de un alma y ser iniciado en una vida interior.*" "Esta manera de amar me ha parecido siempre fácil y natural; *pero se llama devoradores de corazones, donjuanes insaciables,* a estos hombres que nada reclaman para ellos, que no aspiran a la posesión de nada, que repudian la pasión tiránica o exclusiva" (7). Nada hay que añadir a esta definición tan exacta de "lo que no es Don Juan, aunque lo parezca".

Un paréntesis: a pesar de todo esto, a Amiel no le disgustaba que le llamaran Don Juan. Su biógrafa Berta Vadier lo escribe expresamente: "Alguien le dijo un día que era el *pendant* masculino de madame de Récamier, y la comparación le gustó. *Sonreía también cuando, por broma, le decían que era un Don Juan virtuoso"* (8). En realidad, no ha nacido todavía el hombre, cualquiera que sea su categoría, que se enfade de verdad cuando le comparan con el gran burlador. Y, es más, en algunas ocasiones Amiel tomaba deliberadamente a Don Juan como modelo, como un día –uno de aquellos de septiembre de 1860, en plena tramoya amorosa con Philine y Egeria– en que escribe a medianoche: "He releído algunos cantos de *Don Juan* para aguerrirme contra las sensaciones que amenazan llevarme demasiado lejos" (9). Con

(6) Citado por OTTO RANK: *Dio Juan-Gectalt*. Leipzig, 1924.

(7) *Journal intime,* II, pág. 253.

(8) BERTHE VADIER: *Op. cit.*, pág. 144.

(9) *Philine,* pág. 85.

todo, repitamos que la confusión a que se alude es imposible. Volviendo a nuestro discurso, he de hacer notar una diferencia muy importante entre Don Juan y Amiel: el temor al ridículo de éste frente a la mujer, cada vez que sobrevenía la inminencia de la unión sexual. No el miedo a la incapacidad física del tímido por impotencia, sino precisamente el miedo al ridículo que caracteriza al hombre muy diferenciado. El amor físico requiere una inhibición absoluta de la crítica del acto amoroso. Es evidente que éste está erizado, sobre todo en el varón, de pequeños trances, inevitablemente prosaicos y a veces tocados de ridiculez cuando se consideran con la razón fría y no embriagada por el deseo, que todo lo sublima y en nada repara. De aquí el desprecio que sienten hacia el hombre las mujeres que contemplan con serenidad el delirio de su compañero masculino, como les ocurre a las amantes mercenarias y a muchas esposas frígidas. Sé de una, unida a su marido por los lazos espirituales de gran estirpe, que durante sus relaciones conyugales no podía resistir la visión directa del esposo, tan amado, pero en ese trance desposeído, ante su mirada serena, de la más elemental dignidad. Y tenía que apagar la luz o cerrar los ojos y pensar en otra cosa. El hombre delicado, por su parte, tiene la conciencia de esta situación, y, sobre todo, a medida que la crítica inhibidora se hace más eficaz, y en los hombres de alma muy selecta y temperamento muy nervioso llega a constituir un impedimento grave para el amor. Amiel dice taxativamente, a los treinta y ocho años, después de uno de sus primeros paseos nocturnos con Philine: "La misteriosa desconocida me ha parecido encantadora a través de su velo: *tenía toda la calma y la seguridad de sí misma que me faltaban a mí.* Los papeles estaban ligeramente invertidos. A pesar de la superioridad de mi posición, yo estaba completamente vencido. ¿Por qué? Siempre por timidez y desconfianza" (10). En lo que no acierta Amiel, y no puede extrañarnos da-

(10) *Philine*, pág. 44.

da su notoria falta de experiencia amatoria, es en considerar que los papeles de ambos estaban invertidos, porque la mujer, ya lo sabemos, esperimenta en mucha menos medida esa crítica inhibitoria, que nada tiene que ver con el pudor y sí con la responsabilidad del acto conyugal, en el que ella juega un papel pasivo, y, por lo tanto, en cierto modo cínico; de suerte, que su situación en semejante trance es casi siempre de superioridad, como en este encuentro de Amiel con su amante.

Lo característico de Don Juan es precisamente el no conocer este ridículo específico; y éste es otro de los muchos rasgos que le aproximan, sexualmente, a la femineidad. Al acercarse a una mujer no sufrirá, si es acogido hostilmente, la vergüenza íntima, profundamente penosa, que paraliza, en el trance, a los hombres sin dotes donjuanescas; olvidará al instante el sofión y no le quitará el sueño, como a Amiel y a los de su rango; hará, aun cuando ya no sea joven, todas las pequeñas y grandes tonterías en la oratoria, en el ademán, en el indumento, que son precisas para ser un conquistador eficaz; la propia decadencia física será no solamente disimulada con descaro, sino hábilmente utilizada, sin el menor sonrojo. Cinismo, en suma, en toda la táctica amorosa; esto es, ausencia total de autocrítica, despreocupación ante el redículo.

También es completamente antidonjuanesco el carácter, tan típico, de la perduración de los amores de Amiel. Sus amistades, más o menos teñidas de pasión, duraron años y años, y muchas de ellas sólo se extinguieron con su muerte. Don Juan jamás se detiene en una mujer más que el tiempo brevísimo de conquistarla, poseerla y olvidarla; recuérdese la distribución vertiginosa que el Don Juan de Zorilla hace de los minutos necesarios para cada una de estas operaciones. En el alma de Don Juan no caben –físicamente no caben– las afecciones duraderas. Una mujer, para el varón especificado, es siempre un problema inagotable, en el que se investiga sin término, como el que cava la tierra en busca de un tesoro que no aparece nunca. Para el Tenorio, la mujer, fuera del contacto, no es nada más. Bastaría esta diferencia para no incluir a nuestro escritor entre los dioses de la mitología donjuanesca.

Hostilidad de los hombres

Aparte de estos y otros síntomas directamente diferenciales, anotemos ahora el indirecto, pero muy decisivo, de la distinta reacción del medio masculino ante Don Juan y ante los hombres de la constitución afectiva de Amiel. Ya hemos indicado este problema en el capítulo anterior; pero necesita nuevos comentarios. El prestigio de Don Juan con las mujeres es, en efecto, en gran parte, un prestigio creado por los hombres. Los demás hombres son, en realidad, los que, como grandes papanatas, hacen al Tenorio su cartel. Suprimid en Don Juan todo lo que tiene de espectáculo para el varón: sus lances de juego y espada, su actitud rebelde frente a las normas más puramente externas de la sociedad –no es jamás un verdadero revolucionario–, y entonces tendremos que rebajar en un noventa por ciento su fortuna excepcional con las mujeres. Don Juan sabe esto muy bien y por eso se preocupa con intencionada minucia de deslumbrar a los demás hombres durante el día para recoger, como fruto nocturno, la admiración rendida de las hembras.

Los propios maridos, sugestionados, hacen durante la sobremesa, ante la esposa distraída, el cartel del burlador. Y éste juega con los dos sexos como un carambolista hábil, apuntando al hombre para herir a la mujer por tablas, en Casanova, cuyas Memorias constituyen el documento más importante entre todos los referentes al donjuanismo, se aprecia muy bien esta técnica (11). Al entrar en cada ciudad, su principal cuidado era imponerse a la admiración masculina por su boato y por el prestigio

(11) MARAÑÓN: "Estudio sobre Casanova", ya citado.

de su leyenda, hábilmente inflada con rumores y anécdotas, que precedían, como heraldos, a su llegada. Y así impresionaba, como un eco heroico, a todos los vecinos, desde el mozo que le tenía al estribo en la posada hasta el jefe del Estado. Sabía muy bien la repercusión inmediata que esta admiración masculina tendría, unas horas más tarde, en el alma de la pescadora ruín y en la de la altiva princesa. Todo lo contrario ocurre en Amiel, desgarbado, tosco, antideportista, sin una sola de las cualidades externas que hubieran hecho volver los ojos de los transeúntes cuando pasaba por las calles de Ginebra, camino de su clase, o en los paseos domingueros por las orillas soleadas del lado.

Amiel y Casanova

Aparentemente –conviene repetirlo– vemos a estos dos arquetipos: a Casanova –el Don Juan– y a Amiel –su antípoda– seguidos de mujeres apasionadas. Pero la explicación del fenómeno es muy distinta en un caso y en otro. Casanova se deja caer cada noche, fugazmente, en los brazos abiertos de la mujer inespecífica, de "la mujer", sea la que sea. Amiel rebusca a través de los largos años de su juventud y de su madurez, con sus ojos agudos y detallistas de miope, "una mujer", una sola, que no encuentra jamás. Las devotas que le rodean son ejemplos especificados de su sexo. No acaban de ser su ideal, pero se le aproximan. Nos imaginamos a Amiel, tan aficionado a los juegos infantiles, buscando ávidamente el objeto escondido; y a la voz de su Destino, que le guía con las palabras rituales: "Templado, templado, caliente, caliente"; pero nunca "se quema"; nunca lo acaba de encontrar.

Estas mujeres, en inminencia perpetua de esposas, a punto siempre de ser descubiertas, jamás descubiertas del todo, están ligadas a él no por el lazo frágil de una hora de pasión, sino por raíces del instinto, tan profundas que sólo la muerte puede cortarlas. Por ello, mientras no sobrevive el nombre de una sola de las infinitas amantes de Casanova, lo que queda con vida más perdurable del *Diario* de Amiel son estas siluetas, claras y firmes, como estatuas recortadas sobre el atardecer, de las mujeres que le siguieron, le comprendieron y le respetaron. Casanova murió, más aún que maldito, abandonado de todas sus amantes de una hora, en una trágica soledad femenina, que da, es cierto, inesperada grandeza al final de su vida de botarate. A Amiel, por el contrario, le rodeó en su lenta agonía el calor inquebrantable de sus mujeres. Mientras vivieron, amaron su memoria con la misma devoción que su persona mortal. Y son mujeres también las que hoy contribuyen, en mayor medida, a la difusión y a la dignidad de su recuerdo. Incluso después de conocidos sus pecados; y no sin razón, porque casi todos fueron pecados que inmoló a la femeneidad.

Categoría de las mujeres de Amiel

Claro está que todo esto supone no sólo una diferencia radical entre los dos arquetipos viriles que estamos comparando, sino también la paralela diferencia entre las mujeres que seducen a Don Juan y las que se enamoran del supervarón. Otras veces he insistido en el hecho (12) de que el problema del donjuanismo, como todo problema de la sexualidad masculina, no puede interpretarse claramente si no tienen en cuenta las mujeres que complementan las características instintivas del varón. La mujer de Don Juan es siempre una mujer indiferenciada, sin personalidad, sexualmente anónima, como Doña Inés, la monjita gazmoña y linfática. Las mujeres que se enamoraron de Amiel eran tipos de instinto muy diferenciado, mujeres con su nombre y apellido, con su documentación biológica en regla, de espíritu ex-

(12) MARAÑÓN: "Notas para la biología de Don Juan", *Revista de Occidente, 1924-3,* pág. 15.

quisito: quizá de físico mediocre y de indumentaria inelegante, por lo que ahora hacen sonreír con un desdén estúpido a algunos de los lectores de la vida del escritor. En todo caso, si estas amantes del catedrático no fueron tan bellas como él creyó, en esto se parecía Amiel a Don Juan, que sabe como nadie, con la varita mágica de su desvergonzada mitomanía, transformar a las maritornes en duquesas. A la probable mediocridad social –cursilería, como decimos los españoles– de las mujeres de Amiel, alude, con cierta petulancia. Thibaudet cuando dice que entre las amantes del ginebrino las hay alemanas, escandinavas, confederadas y ginebrinas, pero "apenas una francesa y, desde luego, ninguna parisién" (13).

En el fondo, estas mujeres, muy diferenciadas, capaces de los amores perdurables, están lejos de la preocupación primaria del instinto. Lo contrario de lo que les ocurre a las mujeres de Don Juan, a las "parisienses" de Thibaudet. He aquí por qué la mujer diferenciada busca en el hombre, no la hoja jocunda del deleite, sino aquello que sólo el hombre de gran categoría puede darle; la guía espiritual. El amor físico, sólo el amor físico, aislado de todo elemento psicológico y afectivo, se satisface en la mujer, normal sólo puede encontrar en el hombre es, fuera de la maternidad, ese descanso de su alma en le seno del alma masculina. Obsérvese que ningún gesto supera en voluptuosidad, en las mujeres muy femeninas, a ese, sin embargo, castísimo, de reclinarse para descansar, para dormir, para no pensar, casi para morir, en el vasto pecho del varón. Don Juan no conoció nunca esta felicidad, y sólo los hombres que la hayan experimentado pueden vanagloriarse de su varonía.

Cuando Amiel nos describe, en una página copiada más arriba, que una de sus amigas dobló la cabeza sobre sus hombros y lloró largamente, descargando en el "hombre" su corazón feme-

(13) THIBAUDET: *Op. cit.*, pág. 148.

nin o, entonces, decimos, entonces es cuando poseyó realmente a una mujer: mucho más que en la cópula fugaz con Philine. Lo malo para el supervarón es que él tampoco sabe dónde está la felicidad y la deja escapar de entre sus manos; como el que ha nacido millonario no aprecia el valor de las más puras fruiciones en la medida del hombre medio que ha ganado el sencillo bienestar con el esfuerzo de sus puños.

Esta misión, específicamente viril, de dársena tranquila, en la que la mujer ancla su alma con seguridad, es compatible con la necesidad de protección femenina que, a su vez, sentía Amiel, y como él muchos otros hombres, y de la que más adelante nos ocuparemos. Tal mutua necesidad de protección y de descanso se da normalmente, entre personas de distintos sexos, en el caso de la madre frente al hijo, y ya sabemos la importancia que el recuerdo maternal tuvo en la psicología de Amiel. Estos hombres buscan siempre la sombra protectora de la madre y pueden ser, a la vez, los tiranos de la amante maternal: como también lo es el niño, respecto de la madre, fuerte y amparadora, pero al mismo tiempo esclava.

Confesor

La valoración del hombre como refugio cierto del espíritu femenino nos explica el influjo que a veces alcanza el confesor en el alma de las mujeres, incluso en las mujeres liberadas por completo de la confusa indiferenciación de su femineidad primaria. Influjo, pues, verdaderamente sexual, en su más noble sentido. Seguramente hubo algo de confesor en la actividad sexual de Amiel, por el hecho de su gran diferenciación viril. La confesión de la mujer al sacerdote puede ser una mera deposición mecánica, como la del que echa sus memoriales en un buzón; y éste es el sentido habitual de la confesión de muchos devotos. Pero si tiene el sentido profundamente humano, de liberación entrañable de la conciencia en una conciencia más fuerte que sea capaz de acogerla, de comprenderla y de devolverla limpia y purgada, entonces exige, por razones biológicas inmodificables, que el receptor sea un hombre profundamente viril, y es, por lo tanto, un acto rigurosamente específico. Nadie se imagina por ello que los confesores religiosos pudieran ser mujeres. Y por esta misma razón es la confesión un acto de mucha más trascendencia y utilidad en la mujer que en el varón. La confesión es, pues, en el fondo, un homenaje a las cualidades más excelsas de la virilidad, que son el sentido y la capacidad de la justicia y de la rectitud. La mujer, por estar profundamente ligada a su femineidad, es poco apta para ser confesora, como tampoco lo es para el papel de juez (14). Por ello, los hombres sólo se confiesan excepcionalmente con la mujer y siempre cuando ella, por haber traspuesto los límites de la juventud, ha perdido lo más penetrante de su esencia femenina (15). Y aún en el hombre la confesión exige, para ser perfecta, la neutralidad sexual. Por eso el confesor, para serlo dignamente, sea o no sacerdote, ha de ser casto (16). Amiel lo era, o, al menos, lo parecía; y de aquí su eficacia. En diferentes pasajes de su *Diario* sospecha que en esta capacidad confesional puede residir su influencia sobre la mujer.

(14) Suele darse, como razón principal, de la no aptitud de la mujer, para la misión confesional, su indiscreción. Pero esto es secundario. El mismo Amiel decía: "Hay muy pocas mujeres seguras, mujeres-hombre, honradas, para las que la palabra sea sagrada y la promesa un juramento." "Casi siempre, las conspiraciones se descubren por mujeres. Por esto la confesión implica un hombre, un religioso, y no una mujer, una religiosa. Y por esto también, al casarse los sacerdotes, cesa la confesión obligatoria." *(Philine,* pág. 271.)

(15) Benjamín Constant decía: "A una cierta edad a las mujeres sólo les queda el papel de amigas, de amigas en la reserva: recibir confidencias, dar consejos al hombre." *(Journal intime* de Benjamín Constant, pág. 13.)

(16) También Renan *(Souvenirs d'enfance et de jeunesse,* XV edición, París, Calman-Levy, 1929, pág. 29) considera la castidad como esencial para el confesor de las mujeres y da esta explicación: el voto de castidad supone un homenaje a la mujer, un reconocimiento de su poderío. Nada halaga más a la mujer que el demostrarle que se le teme. La Iglesia, al imponer, como un deber primario, a sus ministros la castidad, acaricia la vanidad femenina en lo que ésta tiene de más íntimo."

El mismo se llama en una ocasión "director, confidente y confesor de monjas laicas"; y otra vez dice: "Me toman a la vez por director de conciencia y por confesor. Es demasiado cuando no se es cura y cuando las penitentes son dos mujeres" (17). Reléanse también las líneas copiadas en la página 151.

Hubo, sin duda, pues, algo de sacerdotal en las relaciones de Amiel con sus discípulas. En sus mutuas relaciones y también en los suplicios interiores, en la lucha del deber contra la tentación de la voluptuosidad. A muchas noches de nuestro escritor se les podría poner, como viñeta, *el san Antonio en el desierto,* de Patinir. En todo caso, Amiel fue como debieran ser los sacerdotes ideales, como muchos lo son: varones de gran agudeza específica, y por ello, y no por inferioridad, eliminados del comercio de los sentidos (18).

Médico

Menos afortunada que la comparación con la actividad del sacerdote sería la de la táctica confidencial de Amiel con la de los psiquiatras modernos, como apuntan algunos de sus comentadores. Desde mis primeras lecturas del *Diario,* que coincidieron con mis primeras informaciones directas sobre Freud, me llamó, como a tantos otros, la atención esta semejanza (19). Un ejemplo tí-

(17) *Philine*, pág. 16.

(18) La frecuencia con que se ha decidido la vocación religiosa del hombre por este complejo de timidez superior, creado al calor del amor materno idealizado, es, según mi experiencia, enorme. Es de observación vulgar el caso del sacerdote feliz en su castidad al lado de la madre. El mismo Renan, antes citado, es, al comienzo de su vida, un ejemplo típico: *"El amor filial había absorbido en mí todos los otros afectos de que yo era capaz y hacia los cuales no me llamaba Dios.* Además, había entre mi madre y yo lazos tan especiales llenos de circunstancias delicadas, etc." (RENAN: Carta al abate Cognat, *op. cit.*, página 336.)

(19) Bouvier anota que Amiel fue quien, por primera vez, analizándose a sí mismo, empleó la palabra "refoulement", esencial en el vocabulario y en la doctrina de Freud. Y él hizo también, desde los primeros años de su *Diario,* agudas interpre-

pico es toda la página escrita el 25 de junio de 1865, ya copiada y comentada; aquélla que empieza: "¿Por qué lloró ayer S. (Fanny) sobre mi hombro?" Esta mujer, penitente de pecados que no están en la guía de pecadores, los más necesitados de confesión, no sabía lo que le pasaba, pero sentía en su alma *"una plenitud que se desbordó en la confidencia"*. Amiel termina este relato, uno de los más penetrantes de sus memorias, diciendo que su confidente *"estaba transformada y se sentía feliz después de la confesión: su corazón se había descargado del dolor y de su pesadumbre como el de una penitente absuelta por el confesor"*. Esto es, sin duda, psicoanálisis rudimentario. En realidad, el psicoanálisis que existía desde que se instituyó la confesión. Y, por lo tanto, confesión más que psicoanálisis, en su sentido freudiano, que supone el prejuicio científico, la técnica reglada y la impersonalidad afectiva que debe tener el médico y que Amiel no pretendía, ni mucho menos, guardar.

Sacerdote o psicoanalista, Amiel no sabía enteramente, repitámoslo, por qué le buscaban las mujeres para estas confidencias y confesiones. Habla con pueril petulancia de sus cualidades de hombre de mundo –hombre de mundo de tercera clase– como en la cita más arriba copiada. Otras veces se acoge a la explicación de un "poder mágico", de una "lucidez simpática parecida a la de los brujos" (20). Nadie pensaría –y menos que na-

taciones de los sueños, si bien, añadimos nosotros, en el sentido general, hipocrático; y no en el específicamente freudiano. (Introducción al *Journal intime*, pág. XLII.)

(20) 18 febrero 1871 (medianoche). "Se entiende a las mujeres como el lenguaje de las aves: o por intuición o de ninguna manera. El esfuerzo, el trabajo, el estudio, no sirven aquí para nada: es un don, una gracia." "Dos gotas de poesía en el primer brebaje que nos alimenta y un poco de hechizo en nuestra primera almohada nos dotan de esta mágica clarividencia. Los que la poseen ejercen a la vez una atracción indefinible sobre las mujeres, que adivinan este poder y sienten este encanto como la savia presiente la primavera o como la mariposa vuela, a través de la noche, hacia la lejana pantalla que vela la luz de la lámpara. *El individuo dotado de esta lucidez simpática se asemeja a un brujo.* Pero es un liberador, y las mujeres lo saben bien. Para él son las confidencias, porque sólo él sabe com-

die él, tan preocupado por su timidez– que era precisamente su gran categoría varonil la que atraía en torno suyo, "como la lámpara, en efecto, a las mariposas": a las mujeres diferenciadas. Estas no valoraban en él ninguna de esas cualidades de hombre de salón o su pretendido poder magnético, sino precisamente lo que tenía más específicamente de hombre en el más puro sentido del concepto. Por su condición supervaronil y sólo por ella fue amigo y un confidente incomparable de las mujeres.

Don Juan jamás ha sido confidente de nadie y menos de una mujer. De los relatos utilizables de las vidas donjuanescas, de los más prolijos, como el de Casanova, no puede extraerse un dracma de experiencia psicológica femenina. A la misma conclusión llegamos cuando los tenorios vivos, de carne y hueso, nos cuentan sus hazañas. Yo guardo el relato de varios de ellos. Nada. Ningún Don Juan ha añadido un solo dato de interés a lo que dijo el de Tirso, fundador de su genealogía.

La preocupación del tiempo

No quiero alargar este análisis, pero tampoco puedo pasar sin comentario otro rasgo antidonjuanesco, muy típico de nuestro escritor: su preocupación por el tiempo y el paisaje. En otro lugar he hablado (21) acerca de la absoluta indiferencia en que vive, respecto a estos dos elementos cósmicos, el hombre de instintos localizados en una acción frenética, y, por ello, sin vida interior, como Don Juan.

prender y consolar. Para él la apasionada gratitud, porque tiene la llave de los corazones y es capaz de guardar fielmente sus secretos." (*Journal intime*, II, pág. 18.) En esta página es evidente que Amiel piensa en sí mismo. Estaba persuadido de su capacidad adivinatoria. "Es uno de los dones –dice en otra ocasión– tal vez el más evidente." "A los diecinueve años, lo recuerdo bien, sentía en mi mano toda la personalidad de quien bailaba conmigo, por una suerte de advertencia magnética, de intuición por el contacto." (11 enero 1877, *Journal intime*, II, pág. 174.)

(21) MARAÑÓN: "Notas para la biología de Don Juan".

Para Don Juan, el reloj no existiría si no estuviera pendiente de no retrasarse demasiado en sus citas de amor. En cuanto a la naturaleza que le rodea, no cuenta para nada en su vida, porque está demasiado absorto en su actitud amorosa para contemplar el mundo maravilloso que le sirve de escenario. En las Memorias inacabables de Casanova no surge una sola vez el paisaje. Y nuestro Tenorio legendario, el de Zorrilla, no se da cuenta de la magia de la naturaleza hasta aquella noche del cementerio en que contempla con arrobo las estrellas del cielo; y es precisamente la noche en que deja de ser Don Juan para ser un hombre como todos los demás.

En general, en todo varón –o hembra, aunque esto es más raro– en el que domina la acción externa sobre la vida interior, aparece esta misma indiferencia de Don Juan –hombre de acción también, si bien exclusivamente de acción sexual– frente al paisaje. Un ejemplo insigne es Napoleón, ausente siempre de la naturaleza que le rodeaba menos aquella noche, al comienzo de la campaña de Italia, en que sueña con Josefina frente al lago enmaravillado por la luna. Lo mismo ocurre, hemos dicho, en las mujeres de gran ímpetu social. Madame de Staël –tras Napoleón ella– decía no haber sentido nunca "el prejuicio del paisaje"; y "ante el Mont Blanc soñaba con volver a ver su calle Du Bac, en París" (22).

Amiel era un esclavo de la hora. En cada una de sus cuartillas está anotado casi el minuto en que la escribió. Y esto, no por capricho ni manía, sino porque cada hora tenía un eco distinto en el estado de su alma de hombre diferenciado y revertido sobre sí mismo. A lo largo del *Diario* –ya lo hemos comentado al principio– se siente subir y bajar su tensión humana cuando sube la savia de los árboles en mayo y cuando caen las hojas en otoño. Una vez escribe estas palabras: "31 marzo 1873 (a las siete de la tarde).– *De todas las horas del día, cuando el tiempo es hermoso,*

(22) AMIEL: *Essais critiques*, pág. 295.

es por la tarde, hacia las tres, el momento temeroso para mí. Nunca siento como entonces el vacío aterrador de la vida, la ansiedad interior, la sed dolorosa de la dicha. El sol, lo mismo que hace destacar las manchas de un vestido, las arrugas de una cara, la decoloración del cabello, del mismo modo ilumina con luz inexorable las heridas y las cicatrices del corazón." "Se habla de las tentaciones de la hora tenebrosa del crimen: hay que hablar también de las desolaciones mudas de las horas más resplandecientes del día" (23).

Nunca se ha descrito mejor esa herida callada y terrible que a veces la manecilla del reloj, como un estilete implacable, produce en el espíritu de muchos hombres. En muchos hombres, pero no en Don Juan.

Paisaje y sexualidad

En cuanto al paisaje, es harto conocida la riqueza de las descripciones del campo, del lago, de los Alpes, en el *Diario* de Amiel. Y siempre es armonía exacta, como dos piezas de una máquina de precisión, con el cambio de decoración interior, con el paisaje de su espíritu. Don Juan es esencialmente vagabundo, y, sin embargo, no es entera de nada de lo que pasa fuera de él, en la tierra, en el mar, en las nubes que emigran por el cielo.

Cosa extraña: para ver el paisaje es necesario vivir dentro de uno mismo. En realidad, sólo vemos en su inmensa plenitud la naturaleza que nos rodea cuando somos capaces de percibirla, mirándola, allá en lo hondo del yo, como reflejada en el agua profunda y tranquila de un pozo. Sólo entonces, sólo siendo así, es decir, no siendo Don Juan, es como pueden verse paisajes infinitos sin salir de una buhardilla de Ginebra.

Y sólo un antidonjuán, como Amiel –casi el anticristo del falso

(23) *Journal intime,* II, pág. 59. Parece evidente el carácter sexual de esta angustia, que frecuentemente acometía a Amiel.

dios–, pudo escribir que "un paisaje cualquiera es un estado del alma" (24).

(24) *Journal intim* I, pág. 56. Pero Unamuno me advierte que la frase es de Byron, de quien la tomó Amiel. Es igual. Hay cosas que se escriben para interpretar el alma de los demás más que para la propia; y esto dijo Byron para todos los futuros Amieles.

Capítulo quince

La encrucijada del narcisismo

El objeto de este libro se limita a la timidez de Amiel. No quiero, pues, divagar sobre otros aspectos psicológicos y sociales de nuestro autor, que, además, han sido ya objeto de numerosos estudios, muchos de ellos citados en las páginas precedentes. Hay, sin embargo, que tocar algunos de estos puntos e insistir sobre otros, que ya hemos comentado, para dejar bien perfilado el retrato de nuestro autor.

Ya he dicho la importancia que tiene para mí, en la génesis de las reacciones psicológicas de Amiel, su vida infantil. No tiene duda que la imagen espiritual, y quién sabe si también física, de su madre, dulce y destacada, en contraste con la imagen paterna, borrosa y dura, modeló en gran parte su futura complexión sexual. O, si se quiere seguir la expresión que me parece más exacta, "condicionó" su líbido en la dirección de un ideal, elaborado con elementos maternos, seguramente sublimados, convirtiéndose en un caso de lo que hemos llamado "el fetichismo del ideal". Por una parte, el sexo femenino se le aparece a Amiel con el prestigio supremo y la atracción "del sexo al que perteneció su madre". Por otra parte, crea, dentro del sexo, ese arquetipo superidealizado de mujer, sin el cual su líbido no se satisfará nunca del todo. Lo femenino será, pues, para él, al mismo tiempo, la intensa atracción genérica y la imposibilidad igualmente fuerte de individualizarla, de cumplirla en el amor pleno de una sola mujer. Su suplicio –y el de todos los hombres semejantes– es peor que el de Tántalo, porque la sed de los sentidos tendría, en el harén de mujeres que le circundan, pasto sobrado en que satisfacerse; pero en un círculo más honda, la del ideal, está siempre despierta y no puede satisfacerse nunca, a pesar de abrevar en tantos manantiales sucesivos.

Insisto en la relación que tiene este estado con el complejo de Edipo, cuya realidad psicológica no se puede negar ya, no sólo en la vida individual, sino como demuestran los antropólogos modernos, en la vida histórica de las colectividades humanas (1). Cualquier observador de la vida, sin necesidad de lecturas técnicas ni de informaciones seudocientíficas a la moda, tiene experiencia suficiente para no dudar de que la emoción maternal excesiva, acompañada de un sentimiento de desvío hacia el padre autoritario y brusco, durante la niñez, en el período en que los instintos se moldean como la cera, ha separado después, a éste y al otro hombre, de la vida conyugal (2). Puede discutirse el mecanismo y los matices de este proceso, pero no su existencia. A mi juicio, la tendencia solitaria frente al amor, la incapacidad para la creación de la pareja monogámica, tan común en esos hombres, se debe, casi siempre, al mecanismo, ya explicado, de la diferenciación excesiva, condicionada por la imagen materna. Esta tendencia se observa con mucha mayor frecuencia que la tendencia homosexual que los psicoanalistas suelen encomiar como resultado del complejo de Edipo. La explicación de la homosexualidad, como consecuencia de la fuerte impresión materna, me parece uno de los puntos más artificiosos de la tesis freudiana. Suponer que la líbido del hombre, en tales condicio-

(1) Hago estas aclaraciones para el lector no versado; los de una cierta cultura biológica están, desde luego, al cabo de ello.

(2) La idealización del padre puede, como es sabido, conducir a la mujer a una situación parecida, de verdadera encrucijada del instinto, desde la cual puede tomar la vía de la intersexualidad o la de la poliandria insacible. Para citar ejemplos suizos podemos recordar a madame de Staël, en cuya vida amorosa, errabunda y nunca satisfecha, debió de influir la huella profunda que en su arquitectura instintiva dejó su padre. En la historia de la vida de esta mujer extraordinaria se encuentran muchos datos que confirman esta hipótesis y que, tal vez, algún día analizaremos. Véase un juicio reciente: "Por haber triunfado (su padre), ella (madame Staël) le amaba con amor apasionado, casi incestuoso, hasta el punto de sentir celos de su madre. Los otros, sus amantes, traicionaban siempre sus esperanzas débiles." (PAUL RIVAL: Introducción al *Journal intime* de Benjamín Constant, París-Stock, 1928, pág. 27.)

nes, se inclina hacia los demás hombres por huir de las mujeres y, de este modo, no ser infiel al recuerdo de la madre, es, creo yo, una elucubración gratuita. Es mucho más recto pensar que el instinto del varón, forjado según el arquetipo materno, no encuentra nunca su equivalente en las mujeres de la realidad, y le convierte en un solitario o en un tímido, como Amiel. Sólo el que posea una fuerte predisposición intersexual se descarriará hacia la perversión.

En uno u otro caso atraviesa el hombre una fase de narcisismo, de autovaloración, porque la madre ideal es, en cierto modo, el propio hijo, semejanza de ella; el "sí mismo" como ideal (3). Este es el plano de interferencia entre el homosexual y el tímido diferenciado, que no es homosexual, aunque, a veces, lo parezca.

Es, pues, en realidad, dicha fase de narcisismo, por la que pasan estos ejemplares viriles, una encrucijada desde la que se pueden tomar, sin grandes dudas previas, dos diferentes caminos. Uno es el de la inversión sexual, explícita o atenuada. Otro, más frecuente, éste de la soledad sexual, por supervaloración del ideal femenino, más el componente de depreciación de la grosería viril, que se simboliza en Leda, angélica, junto al cisne bestial, ebrio de pasión, que se arrastra a su lado. La elección de uno u otro sendero se hace probablemente bajo el influjo de las fuerzas ambientales, en esa fase crítica del mecanismo adolescente, y, sobre todo, merced, como acabamos de decir, a la predisposición orgánica, esto es, a la energía mayor o menor de los factores constitucionales y endocrinos del sexo contrario, que en los años juveniles se conservan todavía. En otras palabras: si la predisposición intersexual es muy enérgica, el individuo caminará desde el narcisismo a la homosexualidad; si esa predisposición está atenuada o no existe, la marcha será desde

(3) Reléanse las frases, típicas, de Leonardo de Vinci, pág. 88.

el narcisismo hacia la soledad de la timidez. En otro libro me he ocupado por extenso de esta cuestión (4). En él he comentado detenidamente la enorme pesadumbre de la influencia materna en los génesis de muchos casos de homosexualidad masculina. Ahora quiero asistir en que cuando la predisposición orgánica no es favorable a esa perversión –lo cual sucede en la mayoría de los casos–, el hombre deriva hacia el rumbo del tímido superior que estamos estudiando.

Estos hombres suelen conservar la actitud narcisista, más o menos modificada, durante toda la vida. Amiel, a los veinticuatro años, decía ya: "No tengo amigo ni consuelo superior a mí mismo, ni quien, como yo mismo, me haya comprendido y dado fuerzas en la adolescencia." Luego, como se ha visto en los capítulos anteriores, cada vez que el problema de una mujer surge a su lado, lo resuelve en el sentido de su propia superioridad, trasunto de la superioridad del ideal materno, siempre inaccesible. Clasifica siempre a sus amantes por el grado de la adoración de ellas, no por su propio fervor. Nunca acaban de reunir las condiciones exigidas en su modelo interno, ideal, que tiene mucho de su madre y, por tanto, de él mismo. Y cuando la elección tiene que convertirse en un acto social preciso, como el matrimonio, los inconvenientes se traducen también en esas notas de desahucio, muy concretas, que hemos ido copiando, en las que habla, cínicamente, de la salud, de la instrucción, de la dote de cada aspirante.

La leyenda del afeminamiento

Otro aspecto interesante del problema que conviene dejar aclarado, al llegar a este punto, es el supuesto afeminamiento de Amiel. Ya nos hemos referido a él –y hemos sentenciado en

(4) MARAÑÓN: *La Evolución de la Sexualidad.*

contra– al hablar de la morfología del escritor (5). El mismo es quien lo ha suscitado, pues con frecuencia habla –ya hemos copiado varias citas– de su falta de virilidad y expresamente de su afeminamiento. "Eres –se dice a sí mismo otra vez– débil de corazón como una mujer (6). Y en otra ocasión: "Mi alma no es viril, es un alma-mujer" (7). Thibaudet, para no multiplicar las citas, comenta por su parte: "Gustaba a las mujeres por lo que tenía de femenino" (8). Apenas hay comentador de Amiel que no se deje impresionar por una frase parecida. Evidentemente, la actitud delicada y pudorosa de estos hombres adquiere en ciertos aspectos sociales y afectivos una tonalidad femenina. Recuérdese que el mismo Amiel hablaba de la necesidad de "brutalizarse". Pero insisto en que esta delicadeza de la sensibilidad y este susceptible pudor nada tienen que ver con la calidad sexual del instinto que en Amiel era perfectamente legítima. Se trataba de una emotividad exagerada, que suele interpretarse como afeminamiento, con un criterio ligero, sin ninguna razón. Una de las veces que el mismo Amiel se queja de su falta de virilidad es por haber llorado oyendo a la Ristori recitar *Beatrix:* esto le hubiera ocurrido también a cualquier otro varón de pelo en pecho (9).

La mujer fuerte y su significado

Se presta sobre todo a ser comentada la tendencia del autor del *Journal intime* a entregarse a la afección de mujeres muy

(5) Insúa *(op. cit.,* pág. 195) dice haber recogido de un discípulo de Amiel una imagen que confirmaría la ideal afeminada. "Había en su cuerpo cierto contoneo femenino; su cabeza iba de un lado para otro con gentil nerviosismo, y sus manos blancas, sus manos de mujer, jugueteaban con los guantes o hacían padecer el tallo de una flor."

(6) *Journal intime,* I, pág. 244.

(7) *Philine,* pág. 83.

(8) THIBAUDET: *Op. cit.,* pág. 100.

(9) "He oído a Mme. Ristori en la pieza francesa de Levigné, *Beatrix:* Salgo llo-

. enérgicas de tono decididamente viriloide. Pero esto debe ser interpretado como una consecuencia directa de su psicología instintiva, tan conexionada con el complejo de Edipo. En efecto, los hombres cuyo ideal femenino está construido sobre el esquema de la madre, buscan siempre en la mujer amada algo como de protección maternal y no la posición decididamente superior, protectora, del varón de tipo medio (10). Esta pasividad del hijo que se deja conducir y cuidar, espiritualmente arropar, por la madre, es lo que se toma indebidamente por escasez de virilidad. Un ejemplo, perfecto como valor demostrativo, de lo que vengo diciendo, nos lo da Rousseau, gemelo en tantas cosas de Amiel. Rousseau fue también un tímido por superdiferenciación de su instinto y se daba cuenta de la parte que tenía la huella materna en su timidez. Por eso buscó una mujer próxima al ideal materno, por la que se dejaba tratar como un hijo, y a la que siempre llamó "Mamá". He aquí su propia confesión, una de las primeras veces en que nos habla de madame de Warens: "Yo fui siempre el *pequeño* y ella *mamá* y siempre seguimos siéndolo, incluso hasta cuando los años borraron casi completamente la diferencia entre nosotros. Creo que estos dos nombres dan una idea maravillosa del tono de nuestras relaciones, de su simplicidad y, sobre todo, de la calidad del cariño de nuestras almas. Ella fue para mí la más tierna de las madres: jamás buscaba su propio placer, siempre mi bien. Y si los sentidos tenían una parte en mi afecto hacia ella, esto no cambiaba la naturaleza del mismo: simplemente le hacía más exquisito y me embriagaba a mí en el encanto de tener una mamá joven y gua-

rando y escapo para no tener que hablar con nadie y evitarme oír trivialidades sobre la emoción. *Decididamente cada día me hago más mujer*. El centro de mi vida es el sentimiento." (28 julio 1861. *Philine*, pág. 123.)

(10) Recordemos que en la historia de Leonardo de Vinci, tímido, como sabemos, del mismo rango de Amiel, se cita, con más o menos fundamento, el amor que concibió por el una de las viragos célebres del Renacimiento italiano, Isabel de Este, marquesa de Mantua.

pa (11), a la que me era delicioso acariciar; y digo acariciar al pie de la letra, porque jamás ahorraba ella ni los besos ni las más tiernas caricias maternales, de las que nunca me pasó por el corazón *la idea de abusar*. Se me dirá que, al fin, acabamos teniendo relaciones de otra especie: es cierto; luego hablaremos de ello" (12).

Sería difícil encontrar otra explicación más clara que esta de la raíz de Edipo en el amor de un hombre hacia su amante. Rousseau, como Amiel, es inagotable en materia de psicopatología erótica. Madame de Warens era, sin duda, una mujer de rasgos psicológicos viriloides –enérgica, protectora, llena de ímpetu social y, además, estéril– y a su reclamo instintivo acudían los hombres necesitados, como Rousseau, del ideal materno. Amiel solía buscar esta misma cálida ternura en sus mujeres, muchas de las cuales, como Fanny Mercier y Berta Vadier, fueron en sus últimos años, más que amigas fieles y hermanas devotas, verdaderas madres suyas (13). Pero sobre todo se aprecia el paralelismo con Rousseau en la aventura de nuestro ginebrino con Philine.

Philine era –decía él mismo– *una amiga del género de Jane Eyre, intrépida, perseverante, resuelta,* "una forma elemental de voluntad" (14). Y Amiel, instintivamente, la compara

(11) Es decir, la Santa Ana juvenil y bellísima de Leonardo.

(12) ROUSSEAU: *Confesions*. Partie I, livre 3.

(13) Léanse las palabras de Fanny, antes consignadas, página 127. En Berta Vadier aparece frecuentemente este mismo sentimiento de protección maternal, en el cual se ha ido, poco a poco, transformando el primitivo respeto de discípula. Una de sus poesías dirigida a Amiel el año antes de la muerte de éste, recomendándole que duerma, tiene todo el sentido de las canciones de cuna con que las madres arrullan a sus niños:

"Es preciso pensar, para dormirse,
es preciso pensar en dulces cosas,
en gentes buenas, en fragantes rosas,
en el bien que se hace a los demás;
es preciso pensar, para dormirse", etc.

(CARMAGNOLA-RICHARD: *Op. cit.*, pág. 207.)

(14) *Philine*, pág. 267.

una y otra vez con madame de Warens: "He creído que hoy –9 de julio de 1859: en sus primeros encuentros con Philine– sería, al fin, hombre *y encontraría mi madame de Warens"* (15). Es decir, su "mamá", como Rousseau.

Amiel declara repetidamente –con ingenua petulancia– su poder de dominación sobre esta mujer fuerte (16) y sobre otras de su misma energía. Incluso lo estima como "una especialidad" de su instinto, lo cual parece oponerse a su sumisión filial. Pero más arriba hemos dicho la perfecta compatibilidad de ambos sentimientos, el de sentirse materialmente protegido por la mujer y el de ser, a su vez, el rector del alma de ésta. Es el trasunto de la relación entre la madre y el hijo. Aquélla, después de serlo todo para éste, se complace en llamarle su rey y entregarse a su consejo o a sus caprichos. Así ocurría entre Philine y Amiel. Pero el componente maternal de la gran pasión de esta mujer no puede dudarse cuando se leen las cartas de ella: "Quiero trabajar contigo, protegerte, prolongar tu vida hasta los cien

(15) *Philine,* pág. 60. A los pocos días vuelve a comparar a Philine con madame de Warens: "El orgullo –escribe– me prohíbe la belleza trivial; la probidad, el soñar en una casada; la lealtad en una virgen; la honestidad, en una aventurera cualquiera. *Queda sólo una madame de Warens,* una viuda que por libre asentimiento, por afecto o por placer, me conceda el don amoroso y me libre del fantasma de la voluptuosidad sin envilecimiento y sin humillarme. Es, creo yo, exactamente el caso de la iniciación de Rousseau, debida a una amistad celosa, a la liberación de los sentidos por la bondad de una mujer llena de filosofía" (*Philine,* pág. 64.) No: el sentido de madame de Warens –y de Philine– era su componente maternal.

(16) "Cuando pienso que esta fuerza indomable (Philine) me ha dado sobre ella misma una autoridad despótica, y que es ella la que me pide como un favor ser gobernada, censurada, dirigida, mandada, siento sobre mí una pesada responsabilidad. Se diría una especialidad de mi destino. ¡Cuántas veces mujeres altivas, insumisas, altaneras y rebeldes a toda obediencia me han pedido el favor de servirles de jefe y me han suplicado que sea yo quien las gobierne! Desde los veinte años esto me ha ocurrido en muchas ocasiones. Sin duda, la causa *está en que ellas se sienten comprendidas y tranquilas porque yo no soy, en modo alguno, conquistador ni dominador." (Philine,* pág. 267.)

Hay otros muchos pensamientos parecidos en el *Diario*. En el que acabamos de transcribir se aprecia bien, en sus últimas líneas, el verdadero sentido de su dominación explicado en el texto.
minación explicado en el texto.

años" (17). O bien: "Prométeme cuidarte muy bien. Arreglar todas las condiciones materiales de tu vida, el sueño, el alimento, la calefacción, etc. No seguir en Ginebra si noviembre y diciembre te siguen sentando mal; toses desde hace cuatro años", etcétera (18). Es decir, los mismos consejos que una madre enérgica y prudente da al hijo débil y distraído, sin perjuicio de sentirse luego su esclava.

En las cartas copiadas más arriba de su otra amante, Egeria, pueden verse también los rasgos de esta protección maternal. Era, pues, una actitud común, que él amaba y perseguía, eligiendo mujeres capaces, por su energía, de dársela a él, tan débil; y manejando, por su parte, el tema de la debilidad, del aislamiento, de la delicada salud.

Psicología del Diario

Para mí, la manía del *Diario* es también una manifestación del tipo narcisista. Normalmente, un Diario íntimo se escribe en la niñez o en la adolescencia, en la época del narcisismo fisiológico, cuando el joven, aún aislado del Universo, cree que él es el centro de éste y que, por lo tanto, cada palpitación de su vida primaveral es un hecho trascendente. El tiempo, al pasar, dispersa esta atmósfera de pueril autoprestigio, rompe el círculo de espejos en que se desarrolla y refleja la niñez; y la atención obsesiva hacia nuestro yo es aventada en torno, hacia los fenómenos ambientales, que sustituyen con su interes maravilloso y cambiante a la autoatención de las edades primeras. La acción –típica de la madurez– es incompatible con la excesiva preocupación de la propia persona. A medida que el mundo nos interesa más, dejamos de fijarnos en nosotros mismos. Entonces es cuando nuestro Diario empieza a hacerse cada vez

(17) *Philine*, pág. 32.
(18) *Philine*, pág. 37.

más lánguido, a dejar en blanco semanas y meses enteros, hasta que, al fin, se olvida en un cajón o se rompe. Los hombres que de adultos prosiguen su redacción, o la comienzan en esta edad, obedecen a una persistencia anormal del sentido narcisista, muchas veces mezclado con otros motivos al margen de los puramente instintivos, como literarios, históricos, etc. El Diario mismo, consecuencia del narcisismo, acaba de convertirse entonces en la llama que le alimenta, cerrándose así una cadena sin fin. Se escribe en el Diario todo lo que nos sucede, hasta lo baladí, hasta lo inconfesable, porque todo, por el hecho de ser nuestro, nos parece digno de que conste en un acta; pero acabamos por condicionar las más mínimas acciones de cada día al interés de la página futura del Diario y actuamos durante la jornada pensando en que lo escribiremos cada noche. Obramos, pues, para contarlo luego, como Unamuno, certeramente, me decía en una ocasión.

La preocupación literaria o histórica a que antes me he referido existe, desde luego, en medida distinta en casi todos los Diarios. Aparte de reseñar cada momento de nuestra existencia, aspiramos a hacer, con nuestra propia alma, literatura; y aspiramos también a la vaga o explícita esperanza de que algún día los biógrafos de nuestra fama encuentren su manantial original y auténtico. La existencia de estas razones en el *Diario* de Amiel es innegable, puesto que él mismo dispuso, con toda suerte de garantías y recomendaciones, que fuese publicado, por lo menos en parte, después de su muerte. Pero aun en esta preocupación –literaria o histórica), que pudiéramos llamar "centrífuga", hay un sentido narcisista, a saber: la proyección del yo exaltado sobre la Humanidad y sobre el porvenir. El caso más típico de Rousseau, que escribe sus más íntimas miserias no para su propio consuelo, sino expresamente para que el Universo las conozca, y con la esperanza paladina de que algún día "los hombres de bien bendigan su memoria".

En los Diarios genuinos, esto es, en los redactados día a día a través de un largo período de la existencia, predomina el elemento centrípeto, la reversión del yo sobre el yo. La página en que, cada noche se anotan los sucesos cotidianos, no es, por lo menos mientras se escribe, una ventana que se abre para enseñar lo más recóndito del alma a los demás, sino principalmente un espejo en el que el autor contemplará reflejada su propia alma. Aquí está, casi puro, Narciso: y en este sentido tal vez ningún otro de los Diarios conocidos pueda compararse con el de Amiel.

El Diario auténtico eleva cada día un poco más el muro que separa a su autor del ambiente, y, por lo tanto, cada día contrbuye a paralizar su acción. Se nutre de la acción. La acción y el Diario acaban haciéndose incompatibles. De aquí el que casi todos los autores de un Diario de esta categoría sean –es fácil comprobarlo– hombres tímidos, mujeres o niños. En el hombre adulto la práctica del Diario equivale a una supresión progresiva de la personalidad activa, social, de su autor. Por eso he dicho más arriba que en realidad un Diario sincero equivale a un lento suicidio.

Diario y matrimonio

Otro aspecto interesante del Diario es su incompatibilidad con la vida conyugal y, en general, con toda afección de un tono profundamente íntimo. No se concibe normalmente la compañía de una esposa verdadera y a la vez un Diario de esta calidad; menos aún, mucho menos, que la coexistencia amigable de una esposa y una amante. Una amante de los sentidos puede ser compatible con un Diario, arcano de nuestra alma; pero no la esposa auténtica –legal o no– que tiene derecho a todos los arcanos. Thibaudet dice con gran exactitud: "El matrimonio hubiera prolongado probablemente la vida de Amiel; pero ¿qué hubiera sido de su Diario? ¿Cuál hubiera sido, en efecto, su puesto en la vida conyugal? Tolstoi tuvo al fin de escribir dos Diarios, el "íntimo", que su mujer copiaba según sus notas, y otro verdaderamente "secreto", que su hijo llamaba el Diario "de las botas", porque Tolstoi, para que la condesa no lo leyese, lo escondía en el calzado" (19). En una reciente novela de Jacques Chardonne (20), se describe agudamente la catástrofe que ocasiona a un hombre que redacta su Diario el hallazgo de éste y su lectura por su mujer. Una mujer que no sea completamente frívola debe, en efecto, sentirse más celosa de un Diario de su marido que de cuantas amantes pudiera tener (21). Recuérdese que Benjamín Constant escribió el suyo en caracteres griegos para que no lo pudiera leer ninguno de sus familiares. Son varios los casos de hombres cuyo Diario termina el día de su boda, como el de Francisco Rierola, el "Amiel de Vich", comentado por E. d'Ors (22).

Amiel, a medida que pasaba el tiempo y su *Diario* crecía en importancia material y en tiranía sobre su pensamiento y su conducta, encontraba en él, quizá sin darse cuenta, uno de los mayores obstáculos para decidirse a elegir una esposa entre el harén sentimental de sus mujeres. A Fanny Mercier, sin duda una de las que estuvieron más cerca de su corazón, no podía leerle sino fragmentos aislados de sus cuadernos; por consideración –decía él– a su candor puritano. En realidad, porque se lo vedaba la calidad excelsa de la intimidad que los unía. No en vano llamó a Fanny su "viuda". Y hasta que no lo fue de veras, hasta después de su muerte, no la autorizó a la lectura absoluta del manuscrito. Parece que la mujer a quien reveló más plenamente sus secretos, más "sin reservas", fue a Philine.

(19) THIBAUDET: *Op. cit.*, pág. 187.

(20) JACQUES CHARDONNE: *Eva ou le Journal Interrompu*. París, 1932.

(21) Antes hemos copiado esta misma expresión en una carta de Egeria a Amiel: "No se lo digas todo a tu *Diario*. Estoy celosa de él."

(22) E. D'ORS: *Glosas* (1906-1817). Versión castellana de A. Maseras. Calleja. Madrid, 1920.

Y tal vez por esto, en parte, después de ser su amante, no pudo hacerla su mujer (23).
En las cartas de Egeria hemos visto que ella leyó también fragmentos del manuscrito, y que se equivocó creyendo que era esto el acceso al tálamo; cuando en realidad se lo cerraba.
A todas, pues, las desbancó el *Diario*, verdadera esposa, inexorablemente exclusiva, del alma del desgraciado escritor.

La ternura hacia los niños

En estos hombres que la diferenciación sexual conduce a la soledad, es interesante anotar el intenso amor a los niños, compatible, por explicable paradoja, con su sistemática actitud fugitiva ante el matrimonio. Insisto en ello, entre otras razones, para acentuar todavía más las diferencias entre esta categoría de tímidos y los otros, los habituales, los que lo son por intersexualidad o por inferioridad orgánica efectiva, que está siempre próxima a la femineidad (24). En mi libro citado explico la frecuencia y la importante significación del hecho de que los individuos de ambos sexos, muy cargados de matiz intersexual, aun sin llegar a la inversión propiamente dicha –simplemente los hombres afeminados o las mujeres varoniles– se conduzcan con indiferencia frente al espectáculo maravilloso de la infancia. Esto mismo le ocurre al Don Juan, estéril por lo común y ajeno al vasto mundo del alma de los niños. La ternura entraña-

(23) Bopp *(op. cit.*, pág. 232) copia un párrafo del *Journal* inédito, muy demostrativo: "Ella (Fanny) no puede ayudarme a vivir en la medida que Philine, porque es menos libre *y no ha podido leer mi diario, Philine es mi confidente sin reservas, porque es viuda."* (17 diciembre 1872.)

(24) Disminución de la virilidad equivale, en efecto, a tendencia a la femineidad; como disminución de la femineidad es tendencia a la niñez; y exceso de femineidad, aspiración a virilismo. Véase mi libro *La Evolución de la Sexualidad.* Amiel escribe en una ocasión estas palabras, donde está el esquema de mi teoría sobre la evolución sexual: "En cuanto el hombre se afemina, baja de categoría. La mujer, por el contrario, se supera al adquirir virtudes masculinas." *(Philine,* pág. 207.)

ble hacia el niño es un rasgo típico de los hombres muy viriles y por eso –hemos dicho– es frecuente que éstos no se sientan fuertemente atraídos hacia la niñez hasta muy tarde, hasta que su virilidad está en pleno apogeo; a veces, hasta que son abuelos.

En diversos lugares del *Diario*, Amiel habla de los niños con profundo amor. "Los amo como a bienhechores míos" (25). "Bendita sea la infancia, que pone como un poco de cielo entre las asperezas terrestres" (26). Y así con gran frecuencia. En ocasiones, el sentimiento paternal le subía a la conciencia netamente unido a la preocupación sexual, como en el pasaje siguiente, también importante en la reconstrucción psicológica de Amiel: "2 de septiembre 1860 (once y media de la mañana). Noche agitada, gran lluvia. Pérdidas. Sueño malo. Vuelvo ahora de la iglesia. He oído mal el culto, adormecido, fastidiado. Tenía en el banco de delante un querubín, de largos cabellos rubios, negligentemente rizados, gentil criatura de cinco años, bello como una niña. No podía separar de él mis ojos. Los instintos paternales y las atracciones femeninas se agitaban en mi corazón y me llamaban al amor, en tanto, que la voz del pastor hacía descender el sueño a mis párpados" (27).

Otra expresión muy fina de este sentimiento suyo de ternura –casi maternal– hacia la niñez es ésta: "He entrado dos o tres veces en la alcoba de los niños. Madres jóvenes: ahora os comprendo. El sueño es el misterio de la vida. Hay un profundo encanto en esta oscuridad en la que luce sólo el resplandor tranquilo de la lamparilla y en este silencio en que late la rítmica respiración de los pequeñuelos dormidos. Se adivina que estamos asistiendo a una operación maravillosa de la naturaleza" (28).

(25) *Journal intime*, I, pág. 102.
(26) *Journal intime*, pág. 228.
(27) *Philine*, pág. 74.
(28) *Journal intime*, I, pág. 64.

Jugaba con los niños horas enteras, diviertiéndolos con toda suerte de habilidades y equilibrios. "Se entretenía con ellos –nos dice Bopp (29)– jugando al dominó, a la pelota, a las cuatro esquinas, al escondite, y haciendo maravillas de circo con copas, jarras y cuchillos." Una vez escribe Amiel: "Estas tonterías infantiles reposan el espíritu y rejuvenecen el carácter" (30). En otra ocasión, para hacer reír a su público infantil, intentó hacer bailar, como a un oso de feria, a un docto profesor de Filosofía (31). Sus amiguitos predilectos eran los hijos del doctor V. G., cuyas visitas, en Pressy, ya hemos referido, y donde alguna vez el claro amor a la infancia se enturbió con la gota impura de otras preocupaciones.

Hubiera querido tener hijos. Debió de hablar de ello con Philine, porque ésta le dice en una de sus carta desconcertantes: "Dentro de un año, si no te has casado con L., es preciso, en absoluto, que sea yo tu mujer. Quiero trabajar contigo, protegerte, prolongar tu vida hasta los cien años. Dos hijos: y después todo el tiempo y todas las fuerzas se dedicarán al trabajo intelecutal" (32).

Este amor al niño no se encuentra, quiero repetirlo, en el tímido afeminado ni en el Don Juan, también ajeno, invariablemente, a la emoción paternal. Recuerda mucho, en este sentido, como en tantos otros, nuestro Amiel a Leonardo de Vinci, sexual solitario, probablemente influido, como ya hemos dicho, por un complejo de Edipo, y no –creo yo– de tendencia

(29) BOPP: *Op. cit.*, pág. 301.

(30) *Journal intime*, I, pág. 31.

(31) *Journal intime*, II, pág. 87.

(32) *Philine*, pág. 32. Antes hemos citado ya parte de esta carta. Acaso se desprenda de las palabras de Philine el miedo expresado por Amiel a que esos hijos, que su instinto deseaba, acabasen siendo un obstáculo para sus proyectos creadores. Unamuno me decía que, el miedo de derrochar su vitalidad en la creación de vitalidades nuevas –los hijos–; y que ésta fue una de las causas de su soltería inexpugnable. Este miedo a gastar en la procreación el ahorro vital aparece también en la vida de otros artistas, como Proust.

homosexual (33). Pues bien, Leonardo amó mucho a los niños. También Rousseau, cuya semejanza con Amiel hemos indicado varias veces. Y no puedo dejar de pensar ahora en Galdós, igualmente soltero, por probable influencia de la emoción materna, hombre superviril y mujeriego, aunque tímido con las mujeres, y de inagotable ternura para los niños, cuyos juegos compartía y a cuyas opiniones daba tanta importancia como a las sentencias de los adultos más conspicuos. Yo mismo guardo, como uno de los recuerdos más gratos de la niñez, el de mis conversaciones sobre viajes, astronomía, medicina, política, etcétera, con el gran escritor.

Ideal y acción

Querer y no poder, no por falta de vitalidad específica, sino por exceso en el escrúpulo: ésta fue la tragedia de Amiel y la de tantos hombres nacidos bajo su mismo sino. Y no sólo la tragedia morosa, sino también la actividad social suya, tan ligada siempre en el varón a la del sexo, se resintió del mismo desconcierto. Aspiraba, a veces, entre temporadas de modestia, a una fama imperecedera. Pero la contradicción, la duda, le impedían trabajar tanto como, según hemos visto, le impedían amar (34). Las mismas vacilaciones le inhibieron en su actuación política y ciudadana. Era radical y se pasó la vida, herido en su sensibilidad enfermiza por las rudezas del radicalismo, haciéndonos recordar en este agua y vino de las ideas políticas, en este juego

(33) Ya he hablado de esto en el capítulo seis. Quiero, no obstante, hacer notar ahora el dato de la zurdera de Leonardo de Vinci. Recientemente he demostrado que el lado derecho del organismo humano es más masculino que el lado izquierdo (MARAÑÓN: "L'intersexualité unilatérale gauche dans l'espèce humaine". *Revue français d'Endocrinologie*, 1932-10-1.) Y, según algunos, en los zurdos es más frecuente la intersexualidad que en los hombres normales.

(34) Véase el estudio de Bopp *(op. cit.*, pág. 224), excelente en este aspecto y en otros muchos.

contradictorio entre el impulso revolucionario y el pudibundo respeto a todo lo pasado, a muchos de nuestros compatriotas, en estas horas difíciles de la revolución. El blanco de su actividad, como el del amor, estaba siempre especificado para él, que la flecha mejor apuntada no acertaba a tocarle. Son esos blancos, para tales hombres, como puntos matemáticos, inaccesibles a las armas de la realidad. Bopp cita una carta de Amiel a su amigo Bovet, en la que declara que antes de votar –sí o no, sencillamente– en un sufragio para una revisión constitucional, estuvo días enteros lleno de preocupaciones; y la mañana de su decisión la pasó aislado, calculando, pluma en mano, cuál sería el camino cierto.

Claro es: la eficacia de la acción está siempre en razón inversa de la idealización de su fin. Al instinto le ennoblece la especificación de su objetivo. Pero también le embota. Sólo el instinto de los hombres medios normales, eficaces, sabe jugar su destino, valientemente, a cara o cruz (35).

(35) He aquí la voz típica del hombre supediferenciado refiriéndose al matrimonio: "Para casarse hace falta mucho valor, porque no puede ser eliminado el elemento azar y riesgo. Decía Napoleón que era preciso haber abandonado a la fortuna veinticinco probabilidades de cada ciento. Lo que me ha paralizado siempre *es el maldito ideal,* que no acepta ni veinticinco, ni veinte, ni quince de azar; su orgullo se niega a sufrir la tiranía de la suerte y los caprichos de la lotería." (4 julio 1868. *Philine,* pág. 201.) Esto mismo le ocurría en todas las demás actividades.

Capítulo dieciséis

Epílogo

Así veo yo a Amiel y a los hombres de los que es arquetipo. Probablemente otros le interpretarán de modo diferente. Muchos, estoy seguro, después de leerme, al revés de como yo le comprendo. Porque, como en otro lugar he dicho, una de las eficacias maravillosas del pensamiento está en que las gentes que no piensan por sí solas, pensando al revés de los que ya han pensado, se creen también en posesión de ideas originales y en ocasiones aciertan. Porque las ideas tienen una cara y un reverso, y es difícil averiguar –a veces hasta después de mucho tiempo– en cuál de las dos está el cuño legítimo.

Quiero repetir, además que no he querido hacer aquí una aportación nueva a la biografía de Amiel. Casi todo mi material informativo es, desde hace años, del dominio público. He querido sólo, a propósito del profesor de estética ginebrino, definir esta forma de fundirse con la otra, con la que es expresión de una inferioridad auténtica; o con otros estados de la vida instintiva más lejanos aún, como el donjuanismo o la homosexualidad. En lugar de referirme, como pauta, a mis propios enfermos –en lugar de hablar de "Don X X, de tantos años, de tal ciudad, con tales antecedentes, síntomas y reacciones"– he preferido servirme de este ejemplo, excelso por su valor arquetípico, y, sobre todo, porque ninguno de los hombres que vienen a contarnos sus cuitas sentimentales y eróticas ha abierto nunca sus escondites amorosos con la plenitud heroica, con la prolijidad casi monstruosa y con falta de prejuicios de Enrique Federico Amiel, de Ginebra.

Alguien me echará en cara, como a otros rebuscadores en el alma del autor del *Diario*, el que contribuya a empañar, con mis revelaciones y juicios, la gloria de un escritor que sus amigos, y, sobre todo sus amigas, han pulido y conservado durante tantos años como una piedra preciosa. No importa. Todos los hombres tenemos un destino más trascendente que el que soñamos, aun en esa hora de ambición desmedida que pasa hasta por el alma de los más humildes; más trascendente todavía que el destino que sueña la admiración hiperbólica de los amigos más fieles y entusiastas. Y la gloria de Amiel –gloria llena de espinas– no es su romanticismo, ni su literatura, ni sus pensamientos, ni su noble aspiración a poseer un alma limpia; sino la lección de su sinceridad absoluta y, a fuerza de ser humana, sobrehumana. Es difícil que la posteridad se la reconozca todavía, porque en este reconocimiento hay algo del de nuestras propias culpas; porque todos tenemos, intacto y hermético, allá en lo hondo del espíritu, ese gran desván lleno de trastos desusados, envejecidos, vergonzosos, que Amiel se atrevió a iluminar, abriendo de un tirón sus ventanas al sol de la posteridad.

Amiel escribió "toda" su vida; acaso, sin darse cuenta, para decirnos a todos cómo es, en verdad, "toda" la vida de los hombres. Así, pues, ante cada una de sus debilidades y de sus pecados, que cada uno de sus lectores, antes de indignarse, medite si puede tirar la primera piedra.

Quiero, en fin, dejar otra vez bien hincada mi persuasión de que Amiel, como tantos otros tímidos, perteneció a una categoría superior de varones. Pero entendámonos bien antes de acabar: esto no quiere decir que fuera un *hombre superior*. Fue, ya lo he dicho, un hombre vulgar, con cualidades instintivas, varoniles, sobresalientes. Ahora, que ser *hombre* es algo más que ser *varón;* es ser otras muchas cosas, mucho más nobles, que nacen de su sexo, pero que ya no dependen de él; que quizá tienen que olvidarse de él. En los hombres superiores hay siempre una aptitud, una cualidad que se ha desarrollado prodigiosamente a expensas de la savia de las demás. En el mismo Leonardo de Vinci –quizás el ejemplar más alto de la especie humana que registra la Historia– había hondas de la